# El Seno de Soraya

**Miguel Ángel Itriago Machado**

**El Seno de Soraya**
Miguel Ángel Itriago Machado
**mitriago@gmail.com**

ISBN: 9798601943055
Sello: Independently published

Portada: Adaptación de la foto *Ojos*.
Id: 25618128©Marcel Schauer/dreamstime.com

A mi muy simpática y querida ahijada, Raquel Virginia Muñoz de Viloria, a su esposo Roberto, y a sus hijas Ellie y Danna.

# Índice de capítulos

Un inesperado visitante ....................................... 11

En el avión ......................................................... 16

Una pareja de ladrones ...................................... 21

En la suite de Farid ............................................ 25

El prometido ...................................................... 30

Morles entra en confianza .................................. 33

La lista de los presentes ..................................... 36

Cuando la dote salió de la bóveda ....................... 40

La exhibición previa del rubí ............................... 42

La prometida recibe el cofre ............................... 47

¿Vestales? .......................................................... 49

La dote es secreta .............................................. 52

Sorpresa y llanto ................................................ 55

Judith defiende a Farid ....................................... 61

Perro que ladra, no muerde ................................ 64

Una pequeña confusión ...................................... 66

El pedrusco ......................................................... 69

La Cenicienta árabe ............................................ 74

El patriarca Moad ............................................... 80

Un pequeño detalle ............................................ 83

El ofrecimiento de la dote ................................... 88

El orden sí importa ............................................. 92

Buscan al imán ................................................... 96

Pablo presiente el peligro ................................. 100

La llamada de Pierre ......................................... 105

¿Quién nos creerá? .......................................... 107

Zulay y Emma ................................................... 110

Arde el lecho .................................................... 116

Pablo mira más de la cuenta ............................ 120

Los cálculos de Pablo ........................................ 123

El resfriado ...................................................... 125

El héroe ........................................................... 127

Una pragmática vestal ...................................... 129

La otra prometida ...........................................135
El enemigo de tu enemigo es tu amigo ...........................139
El turista amante de las gemas ...........................142
Un líder árabe llamado Giulio ...........................149
Elis, el jefe de seguridad ...........................154
La señora Joanna ...........................161
Sue, la grácil secretaria de Polter ...........................166
La entrevista con la prometida ...........................171
Pablo, comprensivo y diplomático ...........................181
Copiosas lágrimas ...........................187
El beso del sapo ...........................192
Cinta ...........................200
Daur, el secretario de Farid ...........................208
El nuevo imán ...........................213
Ray Brown ...........................218
Las grabaciones ...........................224
La tía de Robert ...........................231
En la farmacia ...........................233
Un elegante Morles ...........................239
¿Hubo hurto? ...........................241
La consagración de la dote ...........................251
Bellos destellos ...........................257
Prisión para Morles ...........................265
Códigos genéticos ...........................270
Las conclusiones de Pablo ...........................276
¿Y el Seno de Soraya? ...........................285
El puente de la bondad ...........................291
Un pequeño ataque de celos ...........................293
De regreso ...........................295

# El Seno de Soraya

# El Seno de Soraya

## Un inesperado visitante

Pablo Morles estaba sentado en su oficina de la comandancia de policía, concentrado, estudiando unos expedientes, cuando alguien entró por la puerta trasera interna llevando una bandeja con una taza de humeante café.

Creyendo que se trataba de Jesús Maldonado, su fiel portero, le dijo:

—Gracias, amigo. La verdad es que me hacía falta un buen café. Hoy no tuve tiempo de desayunar.

—Siempre a tu orden, Pablo.

Al notar que no era la voz de Jesús, sino la de otra persona, Pablo se volteó con increíble velocidad empuñando su Colt 45, apuntando al pecho de quien había entrado.

El recién llegado soltó una carcajada y le dijo:

—¿Sueles recibir así a quienes te sirven café, Pablo? ¡Nadie se atreverá a traértelo!

Además, no deberías tomar tanta cafeína, porque te noto algo nervioso...

—¡Robert! ¿Tú aquí? Te hacía en Lyon. ¿Cuándo llegaste?

—Hoy mismo. Pero baja el arma, amigo, esa vieja pistola podría dispararse: está cargada y no tiene puesto el seguro.

—Perdona, Robert. Es la costumbre. Más de una vez han tratado de matarme, incluso en esta misma oficina.

Jesús no me advirtió que serías tú quien me traería la bebida. Esta área es de acceso restringido, por razones de seguridad.

Además, no es usual que el famoso Robert Clayton, el máximo jefe de Interpol, entre sin aviso a mi oficina, solo para servirme una taza de café.

—No le reclames a Jesús Maldonado que me haya permitido entrar. Yo le insistí en darte la sorpresa y él sabe que somos amigos.

—Fue una agradable sorpresa. Deja esa bandeja y siéntate, por favor.

El visitante era un señor mayor, de ojos azules, elegantemente vestido, con cabellos rubios y lentes de dorada montura.

Su aspecto contrastaba con la desaliñada apariencia física de Pablo, más joven, delgado, de nariz aguileña, ojos penetrantes, y largos y negros cabellos que le llegaban al hombro, en mangas de camisa y con una pistola de gran tamaño en la mano.

—¿Qué te trae por estos lares, Robert?

—Un seno, cien por ciento natural.

—¿Un seno? ¿Solo uno? Suelen venir en pareja. Juntos se ven doblemente bellos... ¿Está en conocimiento tu esposa de que viniste buscando eso?

—Sí. A Judith le pareció muy normal.

—Te conozco, Robert. ¡Suéltalo de una vez...! ¿De quién es?

—De la hermosa Soraya. ¿No has oído hablar de él?

—¿De él o de ella?

—De él: me refiero al seno, no a su dueña.

¡Tómate primero el café, para que no se enfríe! Costó prepararlo...

—¡Tiene un magnífico sabor!

¿Tú mismo lo hiciste?

—Jesús Maldonado me ayudó. No es un café cualquiera.

—¿Te lo dio la mujer del seno?

—No fue ella. Me lo regaló el embajador de Arabia Saudita en París.

Ese café vale su peso en oro y prepararlo al estilo árabe tiene su técnica.

Solo lo beben reyes, príncipes, jeques y alguno que otro narcotraficante, pues no todos pueden darse ese lujo.

Ahora, también lo tomamos tu portero, tú y yo.

—La verdad es que este seno tiene un exquisito sabor.

—¡Cuidado, algunos árabes son muy celosos! Espero que te controles y no digas esas cosas delante del novio de Soraya, cuando la conozcas.

—¿Vendrá ella a verme? ¿Para qué?

—No seas presumido, Pablo. Aunque te consideres un adonis, no eres multimillonario.

Las mujeres de ese nivel no visitan a modestos funcionarios públicos, como somos nosotros.

Tendremos que ir a verla en su hotel de París, donde está de paso. Las jóvenes hermosas tienen derecho a darse postín.

Un avión está esperándonos con los motores encendidos en el aeropuerto.

—Tengo mucho trabajo, y no podría irme sin hablar primero con mi esposa.

—Magda está esperándote en el aeropuerto. Si no vas pronto, se irá sola a París; y tiene todas tus tarjetas de débito y de crédito.

También conversé con el ministro, quien autorizó el viaje.

Para entrar a Francia no tendrás problemas, porque residiste durante un par de años en Lyon y ayer te designaron asesor de la prefectura de policía de París.

—¡Eso es un chantaje, Robert! ¿Para qué tengo que ir a París?

Además, los saldos de todas mis tarjetas no le alcanzarían a Magda ni para pagar el boleto del Metro.

—No todos los días un simple mortal tiene la excitante oportunidad de ver el sensual y fabuloso seno de la bella Soraya.

¡Vamos, Pablo! En el avión te contaré todo. Debemos salir de inmediato. Nos esperan en París.

—Antes, tengo que preparar mi equipaje.

—Tus maletas ya están a bordo. En Interpol somos rápidos.

# En el avión

Al entrar en la sala VIP del aeropuerto, Pablo encontró a Magda feliz, sonriente, sentada al lado de Judith, la esposa de Robert.

Pablo le reclamó a Clayton:

—Siempre usas el mismo anzuelo, amigo: le ofreces a Magda un viaje a Francia para sacarme de mi oficina.

Todo estaba listo. Antes de la media hora de la llegada de los dos policías y sus esposas, el lujoso avión privado, de alcance intercontinental, estaba correteando por la pista, para despegar rumbo a Europa.

Pablo preguntó, extrañado:

—¿De quién es este avión, Robert? ¿Lo decomisaste a un narcotraficante? El presupuesto anual de Interpol no alcanza para comprar un juguete como este.

Cuando trabajé allá, viajábamos en incómodos vuelos comerciales, salvo en casos excepcionales.

—Es del novio de Soraya, el joven Farid Akram, heredero de una gran fortuna.

Según dicen, siempre ha estado rodeado de jóvenes y lindas mujeres.

Pertenece a un grupo de origen beduino, que hace mucho tiempo se separó de sus hermanos árabes, y desarrolló negocios, costumbres y creencias propias, algunas bastante extrañas.

Como buenos nómadas, a los de ese grupo no les gusta establecerse de manera permanente en palacios u otros inmuebles.

Con sus allegados saltan de un hotel de lujo a otro de similar categoría, en cada uno de los cuales permanecen solo por pocos días o semanas.

Ya no viven en modestas tiendas de telas y cueros.

—Así cualquiera es nómada, Robert.

—Ja, ja. Tienes razón, amigo.

Las nuevas generaciones de esas tribus no viajan de oasis a oasis llevando más sol que una teja, en lentas e incómodas caravanas de camellos como lo hacían sus abuelos, los beduinos y los tuaregs.

Ahora se movilizan disfrutando de aire acondicionado, cómodamente sentados en las mullidas poltronas de cuero de sus Rolls o de sus lujosos aviones, y se hospedan en los mejores hoteles de Europa.

Esas pequeñas tribus sobrevivientes pronto desaparecerán, porque están perdiendo el espíritu de ahorro que caracterizó a sus progenitores, y están adoptando las costumbres modernas.

—Imagino que Soraya es una princesa.

—No. Solo es la hija de Keled, quien fue un poderoso jefe guerrero de una de las tantas tribus *amezigh* o bereberes del norte de África, cuyos antecesores, y él mismo, fueron asaltantes de aldeas y de caravanas en el desierto, a diferencia de otros pueblos nómadas bereberes, en su mayor parte integrados por pacíficos comerciantes.

Hace varias décadas, frente a un imán llamado Moad, y de los principales de ambas tribus, los padres de Farid y Soraya acordaron que sus hijos contraerían matrimonio.

Akram aceptó que la dote que su hijo Farid entregaría a su prometida Soraya, la hija de Keled, consistiría en una gema cuyo valor en el mercado no podría ser inferior a un diez por ciento de todas las inversiones y valores que el contrayente tuviera en Europa para el día de la entrega de la dote.

Posteriormente, durante una feroz guerra entre bandas de asaltantes del desierto, ocurrida hace dos décadas, todos los integrantes del linaje de Keled fueron exterminados, incluyéndolo a él, a Tyya (su esposa), a Soraya, la hija de ambos y a Irat, el hermano de Keled.

Sin embargo, hace unos meses, apareció vivo Irat, quien se comunicó con el imán Moad, a quien informó que él y su sobrina Soraya habían logrado sobrevivir, huyendo por un túnel. Irat pidió al imán que intercediera para que Farid honrara sus obligaciones de entregar a Soraya la dote y de casarse con ella.

Ese compromiso no es solo familiar y religioso, sino esencialmente político: la unión de los cuerpos de Farid y de Soraya deberá unir y fortalecer también a sus respectivos linajes.

Pablo expresó:

—Entonces, Robert, esa boda es de fantasía, de conveniencia.

Mejor y más barato les saldría casarse en Las Vegas.

Robert continuó:

—No creas, Pablo. Por lo que he podido conocer, esa gente se toma muy en serio la institución del matrimonio.

19

Son clanes familiares muy cerrados.

Al llegar a París, conoceremos a Soraya. Será un privilegio, porque las mujeres de esas tribus no suelen salir a comprar verduras en el supermercado.

Viven encerradas, custodiadas por sus padres y por los ancianos, para evitar que sufran cualquier daño físico o moral que pueda disminuir el valor de su dote.

Tanto es así que Farid solo hace algunos meses pudo ver, y nada más ver, a su prometida.

Presumo que la dama le gustó al joven, pues desde entonces le ha hecho costosos regalos.

## Una pareja de ladrones

Cuando el avión llegó a velocidad de crucero, Morles preguntó a su amigo:

—¿Qué le pasó al precioso, tierno y blando seno de Soraya?

¿Por qué está Interpol metida en el asunto, Robert?

Esos líos de mujeres no son de nuestra competencia.

Robert miró a su esposa y ambos rieron. Luego exclamó:

—¡Tienes la mente sucia, Pablo! ¡Solo piensas en pechos! Cuando lleguemos a París te llevaré al *Crazy Horse* para que te calmes, si es que Magda no se opone.

Soraya y sus hermosos senos se encuentran bien; sin embargo, está triste y desolada por la desaparición de uno de ellos. Por eso, vine a buscarte.

—Eso quiere decir, Robert, que el "seno" es un objeto que pertenece a la bella Soraya, y que alguien desapareció.

—Sí, no es fácil engañarte. El Seno de Soraya es un rubí asegurado por más de 50 millones de euros. Su valor en este momento es incalculable, pues garantiza la supervivencia de la tribu de Keled, la cual se creía extinguida, y la de Farid, que también está en peligro de desaparecer.

—Seguramente ese rubí tiene forma de pera.

Por eso lo llaman el Seno de Soraya.

—No, amigo.

Es un rubí muy proporcionado y con un inusual grado de pureza y de perfección.

Su nombre original era "el Seno de Thiri".

—Sigo sin entender lo del seno, Clayton...

—Te lo explico: su nombre originario proviene de un amplio seno artificial femenino, el de Thiri, una provocativa y voluptuosa mujer birmana de enormes pechos, que era pareja de un minero llamado Zeya, quien hace unos 4 lustros descubrió la valiosa piedra en una mina de Myanmar, república antes denominada Birmania.

Sin embargo, el hombre "olvidó" participar el descubrimiento de la piedra preciosa a los fiscales y guardianes de la empresa.

La mujer de Zeya logró sacar el gran rubí de la mina, ocultándolo dentro de una de sus enormes prótesis mamarias.

—Menos mal, Robert, que a ella no se le ocurrió esconderlo en otra parte...

—A la salida de la mina, nadie detectó el hurto, pues ni los jefes de Zeya ni los guardias, ni sus compañeros, se habían enterado del hallazgo,

No obstante, gracias a unas indiscretas cámaras ocultas, el hombre y la mujer fueron apresados semanas después, cuando trataban de negociarlo.

Zeya y Thiri lograron su libertad a cambio de que devolvieran la preciosa piedra.

Fue un buen trato para ellos, ya que esos delitos normalmente se pagan con la vida.

Unos comerciantes de Amberes compraron el "Seno" a sus legítimos dueños, los propietarios de la mina, y lo vendieron a Farid, quien le cambió el nombre por "el eno de Soraya" para ofrecerlo como dote a su prometida.

Thiri fue una mujer hermosa, violenta y agresiva. Murió pocos años después del robo del "Seno", en una pelea entre mineros ilegales por la posesión de otra gema.

Se dice que ella dejó una niña, que quedó al cuidado del padre.

—¿Por qué interviene Interpol en ese caso, si los dueños de la mina se arreglaron con la pareja de ladrones?

—Porque ayer el rubí desapareció cuando era entregado como dote; y un viejo amigo nuestro, el comisario general Pierre Lindt, de la Policía Nacional de Francia, me pidió, como un favor personal, que te hiciera venir.

—Ja, ja. El comisario Lindt es un buen hombre. Me agradará trabajar con él.

Dijiste que el Seno de Soraya desapareció de nuevo... ¿Revisaron los pechos de todas las damas?

—¡Eso te tocará a ti, Pablo! Pero en presencia de tu esposa: ella vino para controlar que no se te pase la mano.

Magda soltó una carcajada y exclamó:

—Podrás mirarlos, Pablo, ¡sin embargo, no se te ocurra tocarlos!

## En la suite de Farid

El comisario Lindt los recibió personalmente en el aeropuerto, los saludó con efusividad, simplificó todos los trámites ante la aduana y hasta dio autorización para que Pablo pudiese portar en territorio francés su inseparable Colt 45.

Además, puso al servicio de los Clayton y de los Morles un vehículo con chofer. Los llevó a su modesto y bello hotel estilo *art nouveau* en la avenida Wagram, cerca del Arco de Triunfo, y después los acompañó al esplendoroso hotel donde se alojaba el señor Farid Akram.

Farid había reservado para él y sus acompañantes la suite presidencial número 1 del magnífico hotel; y, para su prometida, la distinguida con el número 2 del mismo edificio.

Al entrar en la suite de Farid, Judith y Magda miraron impresionadas las enormes lámparas de cristal que pendían de los elevados techos; los grandes espejos reflejaban y multiplicaban cada una de las innumerables luces de esas lámparas.

Admiraron los altos ventanales, enmarcados por finísimas telas de seda y de damasco, que apenas dejaban pasar los rayos solares; y las alfombras persas de gran tamaño y vistosos diseños que cubrían los pisos de mármol y ónix.

Varios guardias circulaban nerviosos por los pasillos en la parte exterior de la suite.

Dos mesoneros, vestidos con batas y turbantes de color crema, entraban y salían del lugar portando en bruñidas bandejas de plata los más deliciosos y olorosos platos.

De no ser porque el comisario Lindt le señaló quién era el famoso multimillonario árabe, Morles jamás habría pensado que el novio de Soraya era el joven que estaba sentado sobre la alfombra, con las piernas cruzadas y los pies descalzos, frente a una baja mesa, en el centro de la suite.

Era delgado, de pequeña estatura, con piel de un color cercano al del café con leche. Tenía abundantes cabellos, aunque bien cuidados y no tan largos y desordenados como los de Morles.

Vestía a la usanza occidental con sencillas ropas deportivas o casuales, las cuales ni siquiera eran de marca.

Cualquiera lo habría confundido con uno de los obreros del hotel, pues no llevaba reloj, cadena, ni joya alguna.

Cuando el grupo entró a la suite, Farid estaba rodeado de tres lindas jóvenes, que charlaban alegremente con él. Cualquiera de ellas habría podido ser reina de belleza en un concurso internacional.

Una de las jóvenes estaba tendida entre cojines al lado de la mesa, y usaba la pierna de Farid como almohada, mientras este tiernamente le acariciaba los rizados cabellos.

Al ver a los recién llegados, la joven se incorporó, apenada. Vestía un traje de finísima seda blanca con hilos de oro, tan corto, ceñido y sensual que no dejaba a la imaginación parte alguna de su cuerpo.

Evidentemente el grupo de árabes estaba almorzando, por la gran cantidad de exóticos platos que había ante ellos.

En voz baja, Magda señaló a su esposo:

—La morena del vestido blanco tiene que ser la célebre Soraya. Es muy hermosa. Con razón Farid le regaló una gema de más de 50 millones de euros.

Pablo le respondió sonriendo:

—Fue acertado el nombre que él le puso al rubí. De haber tenido esa cantidad de dinero, yo también le habría dado con gusto a la bella Soraya esa fabulosa piedra; o, mejor dicho, le habría dado dos de ellas, porque en parejas los rubíes y pechos lucen más sensuales y provocativos. Es raro que no le haya dado un diamante. Es lo tradicional.

—Los diamantes y sus imitaciones se han hecho comunes, ordinarios, Pablo. Los rubíes son más raros, enigmáticos y llamativos, y su color rojo indica pasión o deseo. Además, siempre he asociado los diamantes con infidelidades. Por algo la palabra diamante contiene la de *amante.*

—No todos los amantes somos infieles, querida. Ni todos donamos a nuestras mujeres costosos diamantes.

—Hay excepciones, Pablo, pero existen más tiernas y más baratas formas de expresar amor, o deseo, que regalando una piedra valorada en millones de euros a la mujer que se quiere conquistar.

—Tienes razón, Magda. Por eso no te regalé una costosa gema cuando nos comprometimos.

Te confieso que estuve a punto de comprártela, sin embargo, justo cuando estaba dando al joyero mi tarjeta de débito para pagar el precio, entendí que te desagradaría tan presuntuoso gesto de mi parte.

Un señor mayor alto y flaco, con cabellos y barbas grises, y ojos también grises, enmarcados por grandes cejas negras y oscuras ojeras, vestido con una larga túnica azul, amablemente se adelantó para recibir al grupo, conversó con el comisario Lindt, y luego se acercó al empresario, para notificarle la presencia de los altos jefes policiales.

Farid conversó en un dialecto árabe algunas palabras con las jóvenes, posiblemente para disculparse por tener que dejarlas.

Sonrió y acarició los cabellos y las mejillas de la vestida de blanco; miró hacia el grupo de recién llegados, y luego se levantó y avanzó sonriente, para saludar al comisario francés, a Robert y a Pablo.

Después, galantemente besó las manos de Judith y de Magda, al estilo francés, y las invitó a participar en la reunión que tendría con Robert y Pablo, lo que sorprendió gratamente a las esposas de estos, pues creían que los árabes eran machistas y que no tomaban en cuenta las opiniones femeninas.

## El prometido

Farid era de baja estatura, no tenía bigotes ni barba, ni usaba largas batas. Hablaba a la perfección varios idiomas, entre ellos el francés y varios dialectos árabes.

Difícilmente se diferenciaba de cualquier hombre occidental de su edad.

El joven hizo una seña, y las muchachas que habían estado sentadas a su lado sobre la alfombra se acercaron al grupo, saludaron a Judith y a Magda, hicieron sendas venias a Robert y a Pablo, y discretamente se retiraron a una habitación contigua.

Magda advirtió a su esposo:

—Pablo: Retiro la autorización que te di para revisar los pechos de esas lindas jóvenes en busca del rubí.

Es obvio que ningún hombre podría resistirse al encanto de esas mujeres.

—No te preocupes, mi amor. Mis ojos son como los rayos X. Puedo garantizarte que ninguna de ellas llevaba encima de su cuerpo el famoso Seno de Soraya, sino los suyos propios, que son más bellos que cualquier rubí.

—Para descubrir eso no necesitabas tener visión de rayos X: las jóvenes te los exhibieron sin recato alguno. Menos mal que no dejé que vinieras solo.

Más lejos, en el fondo de la suite, entre numerosos cojines y abanicos, atendida por varios sirvientes, se encontraba una voluptuosa mujer, de unos 25 años de edad, rubia, de grandes y enigmáticos ojos verdes, protuberantes pechos, y largas y perfectas piernas, que impartía instrucciones a una joven de aspecto asiático, vestida con un traje de color naranja.

Magda comentó con Judith:

—Esa hermosa rubia del fondo debe ser una hermana de Farid.

Cuando entramos nos miró con curiosidad, pero orgullosa de sentirse superior a nosotras en belleza e inteligencia.

Quizás por eso es que está separada del resto de las jóvenes.

La señora Clayton le respondió, advirtiendo a su amiga con los ojos que el secretario de Farid estaba detrás de ella:

—¡Shhhh! Cuidado, Magda.

¡Las paredes tienen oídos!

El joven empresario cortésmente los invitó:

—¿Me concederían el honor de almorzar conmigo?

El servicio de restaurante del hotel es excelente. El chef era amigo de mi padre y nos prepara platos especiales.

Robert se apresuró a responderle:

—No, gracias, disculpe. Almorzamos en el avión y no tenemos hambre.

Pablo lo desmintió:

—Con mucho gusto aceptamos su invitación.

Nos encanta la comida árabe y en el la aeronave, aparte de unos bocadillos duros, secos y viejos, fue poco lo que nos sirvieron.

## Morles entra en confianza

Ya en la mesa, mientras degustaban los ricos platos, dirigiéndose a Pablo, Farid expresó:

—¿Entonces usted es Pablo Morles, el famoso detective?

—Por algún lado debe haber otro Pablo Morles con quien me confunden.

—Sin embargo, señor Morles, nada menos que el presidente de Interpol, aquí presente, afirma que usted es el mejor detective del mundo, aunque utiliza procedimientos extraños.

—Siempre he tenido mayor fama de lunático que de detective, señor. Los locos gozamos de una mayor libertad, pues podemos hacer muchas cosas que no están permitidas a los cuerdos.

—Ja, ja. Tiene razón. Les agradezco, amigos, llamarme por mi nombre de pila, Farid, y tutearme. Solo tengo 24 años y no me siento a gusto cuando me tratan de usted.

A sus esposas no podré tutearlas, porque me lo prohíben algunas absurdas costumbres y normas sociales de mi pueblo, por el hecho de estar comprometido con Soraya.

Pablo le respondió:

—Nunca he podido respetar los protocolos sociales, Farid. No me dejan pensar libremente. Y hablando de eso, no tengo clara la razón de mi presencia en este lugar. Mis amigos Lindt y Clayton me secuestraron y me trajeron obligado. No soy un detective privado.

—Ya lo sé. Eres el primer comandante del departamento de policía de tu país. Tienes el mismo rango del comisario Lindt en Francia.

—Si únicamente se trata de la desaparición de un rubí, eso debería ser investigado solo por la policía francesa, que es excelente. No veo implicaciones internacionales.

—La compañía de seguros no piensa de esa manera, Pablo. Los gobiernos de Inglaterra y de los Estados Unidos, entre otros, tampoco lo consideran como un asunto exclusivamente francés. Además, el comisario Lindt solicitó expresamente tu asesoramiento, porque el caso tiene algunas repercusiones políticas.

—¿Tan importante así es el seno de Soraya?

—Ja, ja, ja. Veo que lo conoces por el nombre que le di.

Quizás, el rubí en sí, solo es importante para mi amada y para mí, aunque cuando una organización terrorista está exigiendo un rescate de 50 millones de euros para devolverlo, las cosas cambian.

—Menos mal que tu novia solo tenía un seno, porque por la pareja te habrían pedido 100 millones de euros.

Robert exclamó, avergonzado:

—¡Pablo! Por favor, modera tu leguaje. Es un asunto oficial, con implicaciones diplomáticas. Varios gobiernos están pendientes de esta reunión.

¿No te da vergüenza con nuestro amigo Lindt?

Farid lo tranquilizó:

—No te preocupes, Robert. Ya me habían advertido sobre el estilo de Morles.

Me agrada la gente sincera y espontánea.

El jefe policial francés rio de buena gana.

## La lista de los presentes

El comisario Lindt preguntó:

—¿Por dónde quieres comenzar la investigación, Pablo?

—Lo primero es lo primero, amigo: podrías arrancar diciéndome cuándo, dónde y cómo desapareció ese seno.

—Desapareció ayer en la mañana en este mismo lugar, donde ahora estamos; pero no puedo decirte cómo, porque no tengo la menor idea. Por eso, decidimos llamarte.

—¿Quiénes se encontraban en esta suite cuando se produjo la desaparición, Pierre?

—Según las informaciones recogidas por mis subalternos, en ese momento solo estaban catorce personas:

1. El novio, Farid;

2. Su prometida, Soraya;

3. El imán Moad;

4. Irat, tío de Soraya y futuro padrino de la boda;

5. Blanka, prima de Farid y futura madrina de la boda;

6. Cinta, amiga de Blanka, y asistente de Soraya;

7. Zulay, amiga de Blanka;

8. Emma, otra amiga de Blanka;

9. Daur Iskia, secretario de Farid;

10. Ray Brown, apoderado de la compañía de seguros;

11. Joanna Peterson, encargada del protocolo;

12. Frank Polter, un joven turista de paso por París, quien acompañó a Zulay y a Emma;

13. Sue Goldstein, secretaria privada de Polter; y

14. Elis Ramos, el experto de seguridad del grupo Akram.

—¿El imán Moad es un sacerdote?

—No exactamente. Los de las tribus de Farid y Soraya no tienen sacerdotes como en las religiones judeocristianas.

Solo disponen de guías espirituales que dirigen las oraciones colectivas y coordinan las ceremonias. Moad es el patriarca de ambas tribus.

Clayton continuó el interrogatorio:

—¿Solo los de la lista de Pierre estaban en la suite, Farid? ¿No asistieron cocineros, mesoneros, escoltas o encargados de la limpieza u otras personas dedicadas al mantenimiento del hotel?

—Sí, pero Elis, nuestro jefe de seguridad, los mantuvo afuera, en los pasillos. Las normas religiosas les impidieron entrar y presenciar la ceremonia.

Además, después de la desaparición del rubí no permití la entrada ni la salida de nadie, hasta que llegó la policía e hizo una revisión exhaustiva de todas las personas y dependencias.

—¿Cuándo fue la última vez que viste ese rubí?

—Ayer, Robert, cuando lo entregué a Soraya.

—¿El cofre también desapareció?

—No. En este momento está a buen resguardo en la bóveda del hotel, dentro de una caja fuerte.

Ese cofre es valioso, aunque no forma parte de la dote, ya que es propiedad común de mi pueblo, y se utiliza para la entrega de las dotes en todas las ceremonias de esa naturaleza de mi tribu.

Clayton interrumpió:

—¿Trajiste una caja fuerte especial solo para guardar el rubí?

—Sí, Robert. Ninguno de los huéspedes coloca sus valores directamente, es decir, sin una caja de seguridad propia, en el espacio asignado dentro de la bóveda a su suite, por más protegido que esté ese espacio.

Ordené a Elis que me trajera mi caja fuerte, que es muy resistente y compacta. Aunque pequeña, dentro de ella cupo el cofre ritual. Esa caja tiene los más avanzados sistemas electrónicos de seguridad.

No obstante, precisamente por su poco peso, Paul me aconsejó guardarla en la bóveda del hotel; y así lo hice, personalmente.

El comisario Lindt confirmó lo dicho por el empresario:

—Es verdad: el hotel dispone de una bóveda especial, como las de los bancos, con compartimientos individuales reservados para cada suite, en donde los clientes pueden guardar, con la máxima seguridad sus propias cajas fuertes individuales.

Además, las personas que ingresen al sótano tienen que someterse a rigurosos exámenes de voz, huellas dactilares, pupilas y facciones.

# Cuando la dote salió de la bóveda

Pablo preguntó a Farid:

—¿Quién retiró la caja de la bóveda para llevarla a la sala de tu suite?

—La retiraron conjuntamente Daur y Blanka; ambos son personas de mi más absoluta confianza. Elis supervisó la operación. Daur era el secretario de mi padre, y ella es de mi más cercano círculo familiar.

—Eso quiere decir que los autorizaste para abrirla y que ellos conocían las claves de seguridad.

—No. Al registrarme en el hotel, los autoricé solo para retirar conjuntamente de la bóveda mi caja de seguridad.

No los faculté para abrirla ni para extraer lo que contenía en su interior. Tampoco habrían podido hacerlo, aunque quisieran, pues desconocían mis claves.

—¿Estaban ellos al tanto del contenido de la caja?

—Por supuesto. Era un asunto confidencial, pero esas personas forman parte de mi grupo íntimo.

—¿A qué hora Daur y Blanka retiraron la caja portátil de la bóveda del hotel?

—La retiraron a las 8:36 a.m. Eso consta en el acta del hotel, y lo certificó Elis.

—¿Estás seguro de que era tu caja y no otra?

—Sí. Emite una señal silente secreta que me permite ubicarla e identificarla, con una aplicación de mi teléfono inteligente. Pude seguir el curso de la caja desde el momento mismo que la retiraron de la bóveda: la aplicación me lo indicó.

—¿Cuándo te entregaron esa caja?

—Unos 20 minutos después que la retiraron de la bóveda del hotel.

—¿Por qué demoraron tanto tiempo en entregártela?

—La bóveda está en el sótano y solo puede abrirse durante determinados períodos.

—¿Dónde te la entregaron?

—Aquí mismo.

## La exhibición previa del rubí

Pablo preguntó al joven:

—¿Quién abrió el cofre cuando llegó al lugar de la ceremonia?

—Yo. Aprovechando que Soraya no había llegado todavía a la suite, procedí a sacar el cofre de la caja y, lo abrí en presencia del imán Moad y de los invitados, incluido el tío de Soraya.

Antes, desde luego, realicé las abluciones rituales, ya que no podía tocar el cofre con manos impuras.

—¿Por qué lo abriste? ¿Sospechabas algo?

—No. El imán me ordenó hacerlo. Era mi obligación mostrarle en ese acto el rubí para comprobarle que estaba cumpliendo mi obligación de llevar la dote, y para que él la consagrara como tal antes de su entrega a Soraya.

—¿Soraya también admiró el rubí?

—No. La novia no debía mirar el regalo hasta que lo hubiese recibido formalmente.

De acuerdo con nuestra tradición, de haberlo hecho, la prometida habría perdido todo derecho a recibirla.

—¿Alguien preguntó o comentó algo al ver el rubí dentro del cofre?

—Todos profirieron exclamaciones de admiración.

—¿De qué tamaño eran las cámaras fotográficas que utilizó el señor Brown, el representante de la aseguradora?

—Aunque profesionales, eran cámaras electrónicas de tamaño normal, relativamente pequeñas.

—¿Llevaba maletín u otros accesorios?

—Sí. El maletín de las cámaras, pero los equipos de seguridad lo revisaron cuando salió de la suite.

—¿No tenía equipos de iluminación?

—No. Dijo que sus cámaras tenían excelentes fotómetros y que la luz de la suite era suficiente.

—¿A qué distancia Brown captó las imágenes de la gema, antes de que llegara Soraya?

—Siempre se mantuvo a más de medio metro del Seno de Soraya. Elis no permitió que nadie se acercara demasiado al cofre.

—¿Qué pasó una vez que todos los asistentes admiraron la gran piedra preciosa?

—El imán Moad preguntó a los presentes si consideraban apropiada la dote que minutos más tarde yo ofrecería a Soraya. Todos respondieron afirmativamente.

Entonces el imán, a la vista de los presentes, ordenó a las vestales cerrar el cofre y, en presencia de todos lo selló y lacró con su sello personal.

—¿Cómo puedes afirmar que el rubí que todos vieron era el Seno y no una copia o falsificación?

—Soy gemólogo. Desde niño he estado trabajando con piedras de gran valor.

Mi difunto padre, Akram, fue uno de los principales comerciantes de piedras preciosas en el mundo árabe y me enseñó a apreciarlas y a reconocerlas.

Después, me especialicé en rubíes. No necesitaba, pues, sacarlo de su cofre para saber que era el genuino Seno de Soraya.

—¿Puedes describírnoslo?

—Con gusto. Es un enorme rubí rectangular de 41,2 quilates, de la clase llamada "sangre de pichón". Actualmente es el rubí de esa clase cortado y tallado más grande del mundo, pues tiene 5,62 quilates más que el famoso *Amanecer*, también originario de Myanmar.

El tamaño del Seno es casi el doble del que tienen los rubíes, casi gemelos, de la misma región y similar calidad, conocidos como *los claveles de Afrodita*.

Hay un rubí, más grande, denominado *El Príncipe*, también de Myanmar, que supuestamente tiene un peso bruto de 190 gramos, más o menos unos 490 quilates.

Se estima que El Príncipe, de ser cortado, podría producir un rubí tallado de unos 300 quilates. Sin embargo, su dueño afirma que no tiene proyectado cortarlo.

También existe o existió otro rubí, mucho más grande, descubierto en África en 1950, con peso de unos 8.500 quilates, el cual fue esculpido con la forma de la *Campana de la Libertad*, y rodeado de 50 diamantes.

No obstante, esa enorme gema fue robada en el año 2014 y la policía duda que pueda ser recuperado.

El Seno de Soraya, no solo es superior en tamaño al Amanecer, sino también en color, brillo, proporción, pulido y tallado. ¡Es inigualable!

Antes de adquirirlo, tuve oportunidad de examinar el Seno, incluso con microscopios, pesas electrónicas, rayos láser y otros equipos especiales utilizados en la gemología.

—Lo que quiero saber, Farid, es si estás absolutamente seguro de que el rubí que viste dentro del cofre era el Seno de Soraya.

—Ya te lo dije, Pablo: ¡Era el Seno de Soraya!

¡Nadie podría reconocerlo mejor que yo! Esa gema es inconfundible. Sus rojos destellos son inigualables. No he visto, ni creo que en el resto de mi vida pueda ver otro con esas características.

Antes de que lo comprara, había oído hablar del Seno de Thiri, pero no había sido puesto a la venta en el mercado. Muchos expertos dudamos de que en realidad pudiese existir.

Era una piedra bruta mucho mayor cuando lo compré a una firma conocida en Amberes.

Lo hice tallar y, de acuerdo con la costumbre, lo bauticé con el nombre de mi prometida.

Farid entregó a Morles una gruesa carpeta, y le dijo:

—Aquí tienes las fotografías, documentos, facturas y filmaciones del Seno de Soraya, desde que era un rubí bruto.

## La prometida recibe el cofre

Pablo preguntó a Farid:

—¿No había sido engastado el Seno de Soraya? En un anillo, por ejemplo.

—No. Para nosotros, la gema es solo una inversión. No es una prenda personal para exhibirla al público, sino una preciosa forma de pago de la dote prometida.

Además, un rubí de ese peso y tamaño no podría ser engastado en un anillo o en un collar.

—Está claro. Sigue, Farid.

—Con el cofre cerrado y sellado sobre la mesa, vigilado muy de cerca por Elis, esperamos que llegara mi prometida.

El imán autorizó al señor Brown para que captara imágenes del acto y de todos los asistentes, pues era un requisito de la póliza de seguros. Y así se hizo.

—¿Entonces sacaste el rubí del cofre y lo entregaste a Soraya...?

—No, Pablo. ¡No podía tocarlo directamente!

—Prosigue, por favor.

—Después de nuevas abluciones y oraciones rituales, el rubí fue consagrado por el

imán Moad como dote, y con su autorización, levanté el cofre cerrado y lacrado por
él, y lo entregué a mi prometida para que
fuese ella quien rompiese los sellos y lacres y extrajera del cofre el valioso rubí
que yo le ofrecía.

—¿Al levantarlo, no estabas tocando la dote?

—No. El cofre no forma parte de ella.

Las costumbres de mi estirpe prohíben
que durante la ceremonia la dote sea ma-
nipulada por intermediarios.

Solo puede serlo por las vestales designa-
das por los futuros contrayentes o por
cualquiera de ellas en caso de riesgo o de
necesidad. Yo sí podía tocar el cofre, aunque no la prenda.

# ¿Vestales?

Magda no pudo evitar preguntar a Farid:

—¿Vestales, en estos tiempos? ¿Había alguna en la suite?

Farid le respondió, sin captar la ironía:

—Tres doncellas certificadas estaban en ese momento en la sala: Soraya, Blanka y Cinta.

Pablo interrumpió:

—¿Existen certificadores de virginidad? ¡Me gusta ese empleo! ¿Tienen alguna vacante?

Farid rio y le dijo:

—El único problema es que solo contratan a eunucos.

Luego el joven continuó:

—A diferencia de lo que sucede con otros pueblos árabes, los de mi tribu somos monógamos y la virginidad es muy apreciada, incluso más que la juventud y la belleza.

Eso no es exclusivo de nuestra religión.

En todos los tiempos ha habido y habrá mujeres que preservan su pureza por causa de un noble interés superior.

Se requiere una gran fuerza de voluntad de las vestales para conservar su pureza.

Por eso, elegí ese resplandeciente rubí para darlo como dote a mi prometida, la doncella Soraya: es un buen símbolo de su represada pasión.

Magda y Judith sonrieron con incredulidad: la bellísima joven del apretado vestido blanco que habían visto pocos minutos antes, no tenía apariencia virginal alguna; más bien lucía como una de las modelos de la revista *Playboy*.

Farid no prestó importancia alguna a las sonrisas burlonas, y continuó:

—En nuestra aldea, las que no sean vírgenes no tienen derecho a recibir dote y no pueden contraer matrimonio. Prácticamente quedan condenadas a vivir como sirvientas. Eso se estableció hace siglos para incentivar la pureza de nuestras mujeres.

La novia no puede ver la dote, ni mucho menos tocarla; ni saber en qué consistirá, antes de que se la entregue su prometido durante la ceremonia.

Judith intervino con cierto resentimiento:

—Imagino que los hombres siempre se consideran puros, aunque tengan varias amantes y numerosos hijos.

Los árabes no se caracterizan por su continencia.

—Se equivoca señora. Para esos efectos, es decir para los de la entrega de la dote, todos, incluyendo al novio, somos impuros, sea cual sea nuestro rango, edad, estado civil, profesión o posición económica.

Morles sentenció:

—Según esa manera de pensar, los hombres solteros deben estar acabando con las pocas doncellas que quedan en tu pueblo, si es que hay alguna; por lo que cada día les será más difícil encontrar vírgenes para contraer matrimonio.

—No lo niego, Pablo. No obstante, las costumbres de mi tribu están arraigadas en sus líderes religiosos y no podemos cambiarlas de la noche a la mañana.

# La dote es secreta

Farid prosiguió su explicación sobre las extrañas costumbres de su tribu:

—Una vez que las prendas elegidas por los padres o negociadores, que formarán parte de la dote, han sido consagradas como tales, nadie puede tocarlas, ni siquiera el novio, antes de que la entrega se haya efectuado de acuerdo con nuestras costumbres.

Magda expresó una duda:

—¿Dijo que la novia no puede ver ni conocer cuál será su dote?

Sin embargo, si eso es negociado antes de la ceremonia de entrega, la novia tiene que estar enterada de lo que recibirá en ese acto.

Farid le aclaró:

—No todas las tribus tenemos las mismas reglas. En la mía, es decir, en la tribu de Akram, y en la de Soraya, la tribu de Keled, la novia no puede saber en qué consistirá la dote que le ofrecerá su prometido.

Es verdad que hay prolongadas negociaciones a fin de determinarla o los mecanismos que servirán para ello; pero esas conversaciones o negociaciones las llevan a cabo los padres, privadamente, sin que en ellas pueda intervenir la novia.

Sin embargo, una vez que le hayan entregado la dote, la futura esposa tiene el derecho de devolverla, siempre que lo haga en los cinco días siguientes, si no le agradó o no le convino. En ese caso, el prometido deberá presentarle otra, siguiendo el mismo procedimiento.

Morles comentó:

—¿Violar la prohibición de tocar la dote genera alguna sanción moral?

—Más que eso: en mi pueblo las violaciones al secreto de la dote y a las otras normas relativas al matrimonio, se castigan con torturas físicas y en algunos casos con la pena de muerte; porque atentan contra la pureza de sangre de nuestra tribu.

—¿Y tú estás de acuerdo con ese drástico castigo, solo por tocar un objeto?

—No, Pablo. Yo fui educado en Francia y pienso de una manera diferente a como lo hacían mis progenitores; pero en mi tribu sobran fanáticos que sí respetan y hacen cumplir esas normas.

En todas las civilizaciones y culturas existen radicales, y mi tribu no es una excepción.

En cualquier caso, mi deber es acatar esas normas hasta que las derogue el consejo de los ancianos, aunque lo más probable es que ese cambio tarde varias décadas. Además, si yo las desacatara, los fundamentalistas de mi tribu me infligirían terribles torturas, perdería todas las propiedades que heredé de mis padres y no podría adquirir ni disfrutar de ningún otro bien.

Pablo advirtió:

—Alguien se te adelantó, Farid, y en este momento está acariciando con manos impuras el seno de tu novia.

# Sorpresa y llanto

Acostumbrado a preguntar una y otra vez a los testigos sobre lo que habían visto Pablo siguió interrogando al joven empresario:

—¿Cómo fue la entrega del rubí a tu prometida, Farid?

—Primero, el imán le acercó a Soraya un cuenco de plata y una jofaina con agua pura, a fin de que se lavara las manos, antes de tocar la dote.

Después de lavarse las manos tres veces seguidas, y de secárselas con el paño que el mismo imán le ofreció, Soraya se acercó emocionada y sonriente para recibir el cofre que yo le estaba entregando; rompió los sellos y procedió a abrirlo.

En ese momento yo admiraba su hermosísima cara, sus grandes ojos verdes, su nariz perfecta, sus labios rojos...

La verdad es que ella estaba radiante de felicidad.

Farid hizo una pausa y guardó unos segundos de silencio.

Una sombra apareció en su rostro cuando recordó lo que había sucedido:

—Creí entonces que la extraña mirada de Soraya se debía a su alegría al observar el increíble esplendor del rubí, y sonreí lleno de orgullo y de satisfacción...

No puedo negarte que la belleza de Soraya me cautivó. Mi padre hizo una magnífica elección.

Sin embargo, esa rara mirada de mi prometida fue causada por la sorpresa y el dolor de ver que en el interior del cofre solo había un sucio y ordinario pedrusco, opaco, de color marrón y lleno de tierra, igual a los que uno puede encontrar por millares a la vera o borde de cualquier camino.

Jamás olvidaré las caras de asombro de Soraya y de su tío, al ver el contenido del cofre.

Intrigado, Pablo preguntó a Farid:

—¿Quiénes tocaron ese pedrusco?

—En ese momento hubo un gran descontrol, no obstante, puedo asegurarte que nadie lo tocó, excepto Soraya, quien humildemente trató de devolvérmelo, temblorosa y sin decirme una palabra.

Ni yo, ni el imán Moad, ni ninguna otra persona nos atrevimos a agarrarlo, porque la futura madrina, Cinta, nos había recomendado que no lo hiciéramos.

Y Elis ordenó obedecerla.

Sin romper su silencio, Soraya volvió a colocar el pedrusco dentro del cofre ritual, y al final del acto se retiró llorando del salón, después de que todos nos sometimos a las revisiones ordenadas por Farid y por ella, para evitar que el rubí saliera del recinto.

A solicitud de Cinta, Soraya y yo nos sometimos igualmente a esas revisiones. Pero el rubí no apareció.

—Procedieron correctamente. Eso era lo indicado.

Analizaremos esa piedra, y la tierra que tenía adherida.

—¿Entendió Soraya la situación?

Farid hizo una nueva pausa, tratando de recordar exactamente lo que había pasado.

—En ese triste momento confirmé que mi prometida sí me amaba, Pablo.

Soraya no ha podido ocultar su desencanto. No he logrado apartar de mi mente la cara de incredulidad y de enorme tristeza con la que me miró.

Después, su llanto se convirtió en un gemido, similar al balido de una pequeña cabrita herida.

Yo estaba tan desconcertado que ni siquiera pude consolarla.

Tampoco fui capaz de darle explicación alguna, sencillamente porque no la tenía.

Quizás la pobre pensó que me había burlado de ella y de su familia, y ofendido intencionalmente.

Irat, el tío de Soraya, reaccionó de manera violenta, y de no ser porque Elis lo sujetó, me habría clavado el cuchillo que estaba sobre la mesa del banquete.

—¿Por qué tenían ese cuchillo allí?

—Forma parte de los bienes rituales. Es un pequeño cuchillo de oro y plata, con cacha de nácar. Normalmente se usa para que la prometida pueda cortar las cintas y sellos del cofre.

—¿Llegó Irat a tocar el cofre?

—No. Siempre estuvo detrás de su sobrina.

Magda susurró a Judith:

—El llanto de Soraya tuvo que ser un efecto colateral de su prolongada abstinencia sexual.

Afortunadamente Farid no la oyó, y prosiguió su explicación:

—No culpo a su tío, por su reacción. Hasta

cierto punto fue lógica y previsible, porque para nosotros, la dote no solo tiene una connotación religiosa, sino también social y económica.

Cuando un hombre ofrece a su elegida una dote miserable, está diciéndole que ella nada vale para él.

Eso, en nuestras tribus equivale a despreciarla, a decirle que es indigna de ser su esposa y la madre de sus hijos, probablemente porque ella no pudo comprobar su virginidad.

Una mujer que haya recibido una insignificante propuesta de dote, queda para siempre marcada como rechazada por su novio, y muy difícilmente logrará casarse en el futuro.

Y si lo hace, será a cambio de una dote mucho menor que la que habría podido corresponderle de no haber sido ofendida de esa manera.

En mi caso, ustedes comprenderán que no es justo que una mujer que guardó para mí su pureza durante más de dos décadas, como es Soraya, haya recibido de mi parte el mismo trato que una mujer de la calle.

Se suponía que la entrega de esa dote sería el preludio de nuestra boda, una prueba del afecto y de la protección que yo le daría en el futuro.

Durante el poco tiempo que tuve para verla y para tratarla me enamoré locamente de ella. Hasta pedí a Moad que adelantara la ceremonia.

Pero algo pasó que convirtió ese acto en una grave ofensa. Sus tristes y resignados gemidos me duelen más que cualquier insulto. Mucho más que la pérdida del valioso rubí que compré para ella.

Ojalá me hubiera insultado e intentado matarme como su tío.

¡Me sentiría mejor!

## Judith defiende a Farid

Conmovida por la humildad del joven empresario, Judith exclamó:

—Imagino que usted, señor Farid, le explicó que sí la amaba; que alguien sin escrúpulos y sin su autorización había sustituido el rubí.

Nada puede impedir una feliz unión, si ambos se aman.

No es posible que una mujer tan bella, cariñosa y agradable no pueda entender que lo que sucedió no fue culpa suya.

El joven sonrió, comprensivo:

—Muchas gracias, señora Clayton.

En la cultura occidental esa explicación bastaría para zanjar el problema y eximirme de cualquier responsabilidad.

Sin embargo, en nuestros pueblos el matrimonio es solo el inicio de lo que podría ser un amor, y normalmente resulta serlo.

Lo normal en nuestras relaciones es que el amor se genere o surja después de la boda, no antes. Por eso, son nuestros padres y otros representantes, y no nosotros, quienes eligen a los consortes.

Los de mi tribu comprendemos y aceptamos que nuestros progenitores, por su edad y experiencia, están mejor capacitados que nosotros para hacer la elección más acertada de nuestros cónyuges y para negociar la dote y otras condiciones.

Muchas veces, los novios ni siquiera se conocen o se han visto antes de la ceremonia nupcial.

En mi caso, por ejemplo, a pesar de tener muchos años comprometido con Soraya, fue solo hace unos meses cuando tuve la dicha de verla personalmente.

La verdad es que estoy contento con la elección que para mí hizo mi padre: Soraya es una mujer espectacular, de una rara e increíble belleza.

Aunque mi pueblo tiene pocas leyes, la mayoría consagra penas terribles, que van desde la amputación de miembros, a la horca o decapitación del agente del daño, por cosas que en la cultura occidental serían consideradas fruslerías.

El mayor problema es que en mi tribu hay una secta de fundamentalistas religiosos que se encarga de aplicar las sanciones, sin conceder oportunidad alguna a los supuestos infractores de que ejerzan su derecho a la defensa.

Compungida, Judith exclamó:

—Esas penas terribles no se le aplicarían a usted, que es una inocente víctima, sino al ladrón del rubí.

—No, señora, para la familia de Soraya, yo fui el agente del daño: ofendí gravemente a todos los de su estirpe.

Mi obligación era cuidar la dote que le prometí hasta el momento de la entrega. Y no la cuidé, pues me la cambiaron por una piedra sin valor comercial alguno.

Según las leyes de mi pueblo soy culpable, por haber incurrido en grave negligencia. Ni siquiera puedo explicar cómo fue cambiado el rubí por esa burda piedra; lo que también indica mi falta de diligencia.

Gracias al imán Moad, que exigió un plazo para averiguar lo sucedido, el tío de Soraya tuvo que darme 15 días adicionales para cumplir mi obligación de entregarle el genuino Seno a ella...

Solo me quedan 14, y estoy tan desconcertado como ayer.

Elis Ramos me recomendó ir a un lugar secreto, bajo otra identidad. Pero hacerlo, implicaría no solo un reconocimiento de culpabilidad, sino también perder para siempre a Soraya.

## Perro que ladra, no muerde

Magda había permanecido callada, escuchando la conversación entre su amiga y Farid, y reaccionó como solía hacerlo ante cualquier hecho que consideraba no ajustado a las leyes o a la moral:

—¡Bah! ¿Cómo un hombre como usted, educado en Francia, puede creer en esas tonterías?

Detrás de esas tontas amenazas lo que hay es una extorsión.

Quien cede a esas presiones ilegales, siempre seguirá siendo extorsionado por la misma o por otra gente.

Si Soraya lo ama, no permitirá que lo amenacen ni le hagan daño alguno.

Magda continuó:

—El arma más efectiva contra el chantaje es la indiferencia, señor Farid.

Mi esposo y yo recibimos a diario amenazas de muerte, las cuales ignoramos, y nuestra vida continúa igual.

Como psicóloga profesional le aconsejo no dar crédito a esas amenazas: *Perro que ladra, no muerde.* El criminal menos peligroso es el que más amenaza.

El joven empresario le respondió:

—Perdone, señora Morles. El perro que supuestamente solo ladra ya me mordió; esta mañana secuestraron a Joel, uno de mis hermanos.

De acuerdo con nuestra tradición, cada nueve días asesinarán a uno de mi familia, hasta que yo cumpla con mi compromiso.

Las defunciones y lesiones, derivadas de supuestas o reales violaciones a las normas o costumbres religiosas, son frecuentes en nuestras comunidades.

Además, en el occidente los perros que ladran también muerden; mi secretario Daur me informó que el cuerpo de Pablo, su esposo, está lleno de cicatrices, y que usted misma resultó gravemente herida cuando secuestraron a su pequeña hija.

No se necesita ser un Pablo Morles para averiguar eso. Toda esa información puede conseguirla cualquiera en Internet.

Magda bajó la cabeza, avergonzada por haber emitido tan a la ligera su opinión sobre el problema que confrontaba el joven.

## Una pequeña confusión

Sin retirar su penetrante mirada del rostro del joven empresario, Pablo expresó:

—No es que dude de tus palabras, Farid: no tienes el aspecto de que te haya dolido mucho el secuestro de tu hermano.

Tampoco es propio de un doliente, que estés en este banquete, en uno de los más lujosos hoteles de París, rodeado de deslumbradoras mujeres.

Cuando entramos, vimos cómo acariciabas cariñosamente a Soraya, y cómo ella te correspondía. Ninguno de nosotros percibió que tu novia estuviese ofendida ni afectada o disgustada.

Nos impresionaron la increíble belleza y la dulzura de Soraya. La verdad es que con ese vestido blanco luce imponente, como una reina.

Farid sonrió y le contestó:

—Veo que ustedes tienen una pequeña confusión: la joven vestida de blanco no es mi prometida Soraya, sino mi querida prima Blanka.

Las otras dos damas que estaban con ella, Zulay y Emma, son sus amigas.

En nuestra cultura, peinar o acariciar la cabellera de una pariente, o rozarle las mejillas, es solo una manifestación de solidaridad, protección y afecto, y no necesariamente tiene una connotación erótica.

Magda le preguntó:

—¿Y entonces quién es Soraya? ¿Dónde está?

Farid volvió a sonreír y les dijo:

—Veo que requieren otras explicaciones sobre la cultura de mi pueblo.

Como les dije al comienzo de nuestras conversaciones, valoramos más la virginidad que la juventud y apariencia física; y mis padres no fueron la excepción.

Pero Soraya une a su comprobada pureza una excepcional belleza.

¿Quieren conocer a mi dulce prometida? Pueden verla ahora mismo:

¡Soraya es la joven que está allá, en el fondo!

Clayton, Magda, Judith y el comisario Lindt siguieron con la mirada la mano de Farid con la cual les indicaba cuál de las mujeres que estaban en la suite era su prometida:

¡Soraya era la hermosa mujer del fondo!

Magda, no pudo evitar decir en privado a Judith:

—¡Es la que confundiste con una hermana de Farid!

Es lindísima: tiene una belleza rara, enigmática, y es mucho más sensual que la prima de Farid.

Pero luce muy triste y lánguida.

Pablo fue el único que ni siquiera se molestó en voltear para ver a Soraya: seguía analizando las facciones de Farid.

—No aclaraste todas mis inquietudes, Farid. Hay muchas cosas que todavía no me cuadran, como, por ejemplo, tu indiferencia ante el secuestro de tu hermano.

Nada nos has dicho sobre el rescate que una organización terrorista internacional está exigiéndote para entregarte el Seno de Soraya.

Después, en privado, hablaremos con más detalles sobre eso y sobre las medidas de protección que Elis preparó para el acto. No me parece lógico que haya mantenido a sus escoltas afuera, en un pasillo, lejos del valioso rubí que debían custodiar.

Quiero que me expliques, paso a paso, cómo entregaste el cofre con la piedra a tu prometida.

# El pedrusco

Después del almuerzo, Morles continuó preguntando a Farid:

—¿El imán Moad tocó el rubí?

—No. Una vez consagrado, ninguno de nosotros llegó a tocarlo ni antes ni después de la ceremonia, pues nos estaba prohibido.

Hasta el momento de la entrega, el cofre estuvo sobre los manteles o paños rituales; a cada lado tenía un candelabro; y detrás del mismo, un gran ramo de flores enviado por la administración del hotel.

—¿Quién colocó esos objetos rituales sobre le mesa?

—Las vestales.

—Dinos las posiciones de quienes te acompañaban en ese momento.

—A mi derecha estaban parados el imán Moad, el señor Brown, Irat, el tío de Soraya, y en el extremo, el señor Frank Polter, a quien, por cierto, conocí en esa reunión.

A mi izquierda, recuerdo que estaban Blanka, Cinta y mi secretario Daur.

Detrás de mí se encontraban Zulay y Emma.

Justo frente de nosotros, teníamos el cofre.

—¿Había alguien detrás del ramo?

—Solo Elis, Pablo.

Nadie más.

—Descríbenos ese cofre.

—Es una antigua caja rectangular de oro y plata, algo mayor que el rubí. Está profusamente decorado con incrustaciones de diamantes, esmeraldas, zafiros y otras piedras preciosas.

La tapa tiene un sencillo mecanismo de bisagras y abre solo hacia el frente.

Para nosotros ese cofre no es un elemento decorativo ni un instrumento de seguridad, sino un objeto ritual.

—¿El Seno de Soraya ocupaba todo el interior del cofre?

—Sí. Es tan grande que lo llenó.

Por dentro, el cofre está forrado con un terciopelo azul y no es posible esconder dentro de él otro objeto.

—Si no tienes inconveniente, Farid, nos gustaría ir al hotel para descansar del largo viaje y analizar las informaciones.

¿Podríamos vernos mañana temprano en este mismo hotel?

—Desde luego. Soy el primer interesado.

—¿Crees que sería posible concertar una entrevista con Soraya?

—Todavía está desolada... Ni siquiera ha querido comer. Espero que mañana se encuentre mejor.

Ella advirtió que se levantará después de las 11:00 a.m.

—¿Eso obedece a algún rito especial?

—No. Simplemente tiene el sueño pesado.

—También nos gustaría reunirnos con el imán Moad.

—Con él será más fácil, aunque es anciano, y tiene programado viajar a Damasco.

Se hospeda en una habitación de este mismo hotel.

Lo más probable es que pueda recibirlos mañana mismo, antes de irse; pues me manifestó que estaba interesado en comunicarles algunas cosas.

Desea ponerlos al tanto sobre nuestras costumbres.

—Será un honor. ¿Llevará Moad el cofre con él?

—Supongo que sí. No puede dejarlo aquí. Es su custodio.

—Queremos examinarlo antes de que se lo lleve.

¿Puedes impedir que sea extraído de la bóveda hasta que nosotros lo veamos?

—Ahora mismo impartiré la orden al gerente del hotel.

No obstante, esa orden es innecesaria: nadie podría retirarlo sin mi autorización, ya que para abrir la bóveda se necesita que yo marque mis claves secretas.

—¿Allí también está la caja portátil?

—El cofre y el pedrusco están dentro de ella.

¿Quieres que te los haga traer a la suite?

—No. Iremos a buscarlos a la bóveda contigo, el señor Daur y las vestales.

Es posible que vengamos con algunos expertos.

—Perfecto, Tendré todo listo. Hasta mañana, señores. Que pasen feliz noche.

Estaré a sus órdenes para cualquier cosa que necesiten.

—Hasta mañana, Dios mediante, respondió Morles.

Antes de salir, Pablo aconsejó a Robert, en privado:

—Pide a Lindt que discretamente aposte varios de sus agentes en el hotel. Farid y alguien más podrían estar en grave peligro. Hay mucho dinero en juego.

Dile que no confíe en nadie, ni siquiera en Elis.

# La Cenicienta árabe

A la salida del hotel, Judith comentó:

—Ese relato es demasiado fantasioso. Me siento como si hubiese viajado al pasado, a la época en la que se compraban y vendían mujeres. Tengo la impresión de que Farid no nos dijo la verdad.

Magda fue más precisa:

—Pienso que el Seno de Soraya sí existe, y que él nos contó muchas cosas ciertas, pero que se guardó algunas verdades.

Tengo la impresión de que Farid siente algo más que afecto familiar por su prima, aunque se casará con Soraya, y no por obligación, sino porque la ama, la desea y le gusta.

Todo ese malentendido muy pronto se aclarará satisfactoriamente.

Farid adquirirá otra gema de mayor valor aún, y la ofrecerá como dote a su prometida, quien la recibirá con lágrimas de emoción y lo perdonará. El amor triunfará.

¿Qué opinas tú, Pablo?

Morles estaba abstraído, viendo las calles por la ventana del vehículo, y después de unos segundos, le dijo:

—Que las virginidades de Soraya, Blanka y Cinta son más falsas que el rubí que apareció en el cofre.

—¿Por qué dices eso, amor? ¿Lo descubriste gracias a tu visión de Rayos X?

Morles no respondió. Magda sabía que estaba meditando algo que "no le cuadraba", y que no debía interrumpirlo en ese momento.

Fue Robert quien rompió el pesado silencio, originado por la respuesta de Pablo:

—Es sabido que los árabes mantienen a sus mujeres ocultas a los ojos de extraños, haciéndolas vestir pesados mantones llamados *burkas*, y colocarse *niqabs*, que son velos que se atan a la cabeza y que le cubren la cara, con excepción de una abertura en los ojos para que puedan ver.

Sin embargo, nosotros pudimos entrar a la suite de Farid y vimos bellas jóvenes, exhibiendo sin recato sus hermosos y sensuales cuerpos.

El comisario Lindt admitió:

—La tribu de Farid es una excepción. Aunque no todos los árabes visten igual ni tienen las mismas costumbres, la mayoría de ellos son reservados y celosos, especialmente con sus preciosas mujeres.

Recuerda que Farid es miembro de una pequeña tribu de origen beduino, que tiene sus propias normas religiosas y costumbres sociales.

En algunos pueblos árabes las mujeres que no visten de acuerdo con las normas tradicionales son apedreadas salvajemente.

Otros, que han tenido o tienen mayor contacto con occidente, son más liberales.

Corroborando lo dicho por Robert sobre la belleza de las jóvenes árabes, Magda reconoció:

—Son mujeres muy atractivas, mucho más que las occidentales. Y visten con lujo y elegancia.

Dirigiéndose a la esposa de Robert, le preguntó:

—Hablando de eso, ¿qué te pareció el vestido de Blanka, la prima de Farid?

—Bellísimo, Magda... No sé cómo ella puede soportar el frío de París con ese traje tan delgado, de suave seda.

Seguramente nada más visten así en espacios cerrados y con calefacción, como la suite.

¿Te fijaste que su vestido tenía filamentos de oro?

—Sí, Judith. El traje de color naranja de Cinta también era impactante. Esa mujer camina como si no tocara el suelo. Lo hace con una misteriosa sutileza.

—Los lujosos trajes, aun después del acto, revelan que para esa gente la etapa de la entrega de la dote es muy importante. Sin embargo, Magda, el atuendo de Soraya, quien era la protagonista, lucía demasiado simple.

—Cualquier usuaria del Metro de París, vistiendo su ropa de trabajo, luciría un traje más elegante que el de esa novia. Evidentemente el vestido de Soraya era de fabricación en serie. A diferencia de los vestidos que hoy vimos de las otras jóvenes, el suyo no parecía elaborado especialmente por un diseñador.

Judith le contestó:

—Quizás por eso parecía estaba tan deprimida. Las otras dos vestales eran más jóvenes que ella, y estaban mejor vestidas.

Robert sentenció:

—El exuberante cuerpo de la prometida superó con creces el problema del vestido. Además, una vez que Soraya reciba el rubí, será inmensamente rica y podrá darse el lujo que quiera.

Magda aclaró:

—Para disponer de esa gema tendría primero que recibirla y casarse con Farid.

Y como ninguna de las dos cosas entonces había sucedido, para asistir a esa ceremonia en uno de los más lujosos hoteles de París, Soraya tuvo que apañarse con lo poco que poseía.

En el fondo, la compadezco.

Para una mujer de su humilde condición, no debe haber sido nada fácil presentarse en ese ambiente de extraordinario lujo.

Judith estuvo de acuerdo con lo expuesto por su amiga:

—Sí, Magda. Nosotras mismas estábamos como "cucarachas en baile de gallinas" cuando entramos a esa suite.

Soraya fue la Cenicienta entrando al palacio de su Príncipe Azul, aunque sin su zapatilla de cristal.

Si no era rica, debió sentirse en ese momento muy desilusionada:

En segundos, su hermoso rubí se transformó en una fea piedra común, sin valor económico alguno.

¡Hasta nosotras creímos que la novia era Blanka, la prima de Farid!

# El patriarca Moad

Al día siguiente, Clayton y Pablo se levantaron temprano y en la planta sótano de su pequeño hotel, de artística fachada *art nouveau*, desayunaron croissants, quesos, frutas y cereales, café y jugos.

Pablo propuso comenzar las labores visitando al imán en el mismo hotel de Farid.

Sus esposas decidieron quedarse esa mañana en sus respectivas habitaciones, porque estaban cansadas por el viaje y en la noche habían visitado varios restaurantes y sitios de espectáculos.

Además, Clayton advirtió que quizás el imán no fuese tan tolerante con la presencia femenina, como había sido Farid.

Subieron sin avisar, porque Moad les había pedido a través de Farid que entraran discreta y directamente a su habitación, en el piso 6.

Al salir del ascensor, observaron a dos hombres que discutían algo entre ellos, pero se callaron al verlos.

Aunque Moad estaba hospedado en el mismo hotel que Farid y Soraya, la habitación era mucho más sencilla y modesta que la lujosa suite del prometido: solo tenía un pequeño recibidor, una minúscula cocina y un cuarto con una cama.

El imán resultó ser un amable y simpático viejito, delgado, de largas y blancas barbas, con cejas negras y ojos que le daban un aspecto de fiereza; aspecto que a los pocos segundos disipaba su trato cordial y cariñoso.

Los recibió con una larga y sencilla batola blanca, y musitó algunas oraciones que los dos policías no entendieron.

Sobre una mesita estaba su *dallah*, que era una jarra grande de plata, que contenía agua muy caliente, rodeada de pequeños vasos o tazas sin asas, con adornos florales.

El imán mezcló el agua con el café tostado y molido y, sin filtrarlo, le añadió cardamomo, clavos y otras especies.

Moad se disculpó por no poder ofrecerles azúcar, ya que, según explicó, normalmente los beduinos tomaban el café sin endulzarlo y compensaban la ausencia del azúcar ingiriendo dátiles y otros frutos.

Luego les sirvió café, y les indicó que la costumbre era tomar hasta tres tazas de pie.

No obstante, aclaró:

—Si les parece excesiva la cantidad y no desean seguir bebiendo, es suficiente que me digan con toda franqueza que no les sirva más.

Al principio, a Pablo le pareció demasiado fuerte y amarga la bebida que les brindó el imán.

Luego la encontró parecida al "café asfáltico" que solía prepararle su portero Jesús Maldonado, y le gustó.

Mientras de pie bebían el café, el imán les explicó los principales ritos y costumbres del pueblo de Keled con relación al matrimonio y a la dote, y prácticamente les repitió con más detalles lo que Farid había narrado al respecto.

Cuando terminaron de tomar la tercera taza, Moad los invitó a sentarse en unos grandes cojines sobre el suelo.

# Un pequeño detalle

Pablo aprovechó que el ambiente se había hecho más informal, para hacer algunas preguntas al guía espiritual:

—¿Notó algo fuera de lo común o anormal en la ceremonia de entrega de la dote, por parte de Farid a Soraya?

Moad respondió con otra pregunta, mientras esbozaba una ligera sonrisa:

—¿Aparte de que, en lugar de un rubí de más de 50 millones de euros, Farid entregó a su prometida una piedra cualquiera, sucia y que no valía ni un centavo?

—Tiene razón. Eso fue completamente fuera de lo normal y es el motivo de que estemos aquí. Quise referirme a algo más sutil, a esas pequeñas cosas a las que principio no prestamos importancia, pero que quedan grabadas en nuestro subconsciente, y que luego, con calma, uno las recuerda y relaciona con lo sucedido.

—Ese día todo fue extraño, señores. Jamás había visto una ceremonia más fuera de lo común que esa: el pedrusco o guijarro, la novia llorando, las vestales semidesnudas, el tío de Soraya intentando asesinar a su futuro sobrino...

Nada hubo ese día que fuese normal.

—¿Conoció usted a los padres de los futuros contrayentes?

—Sí, Akram, el padre de Farid, y Keled, el de Soraya, firmaron el pacto en mi presencia. Eso sucedió hace años. Lo recuerdo perfectamente porque Akram era pariente mío.

—¿Es cierto que el padre de Soraya murió poco después de celebrar ese pacto?

—Sí, fue asesinado en Damasco. Keled no era un creyente, aunque fue famoso en su tribu. Todos lo admiraban por su temeridad y sangre fría.

—¿Cuántos hijos dejó?

—Que yo sepa, solo Soraya. Circuló el rumor de que ella había sido sacrificada junto con el resto de su familia.

Afortunadamente no fue así, porque la niña había huido con su tío Irat por un túnel secreto y logró escapar de una muerte segura.

Estuvo escondida en Turquía durante años, por temor a una venganza de los enemigos de su padre.

—¿Se parece Irat a su hermano Keled?

—Keled era más corpulento y tenía la piel más clara.

—¿Y la madre de Soraya?

—Ayram fue una valerosa mujer, que murió defendiendo a Keled y a su hija.

—¿Quién cuidó de Soraya?

—Quedó huérfana muy joven. Tengo entendido que su tío es quien siempre ha velado por ella.

—¿Cuándo regresó Soraya a su tribu?

—Hace poco, pues se radicó en Turquía. Fue solo hace algunos meses que ella y su tío me llamaron y concertamos una cita en una ciudad cercana.

Acudieron con los documentos que identificaban a Soraya como hija de Keled y Airam, y solicitaron mi intervención para que Farid honrara el compromiso matrimonial.

Los documentos coincidían con los de mis archivos, y contacté a Farid para comunicarle las nuevas noticias.

—¿Qué hizo Farid cuando supo lo de la reaparición de Soraya?

—Guardó silencio. La verdad es que al principio no pareció alegre.

Pero dijo que el jamás deshonraría a su estirpe; y que cumpliría la palabra empeñada por su padre Akram.

Sin embargo, después que vio personalmente a Soraya, las cosas cambiaron radicalmente.

La impactante belleza de la muchacha lo cautivó y quedó prendado de ella.

Él mismo me pidió acelerar la ceremonia de entrega de la dote y la de la boda.

—Si Soraya vivió tanto tiempo oculta, ¿cómo puede estar seguro de que es doncella?

—Me entregaron comprobantes expedidos por las autoridades religiosas turcas.

—¿Es verdad que usted vio el rubí dentro del cofre?

—Sí, lo vi cuando Farid lo abrió, poco antes de que Soraya y su tío entraran a la suite.

He visto muchos diamantes, rubíes y otras piedras preciosas, ya que las dotes suelen entregarse de esa manera.

Esa forma de pago es mucho más segura y menos engorrosa que movilizar grandes cantidades de dinero o de camellos, caballos u otros animales.

Después de celebrada y consumada la boda, la novia puede hacer lo que quiera con su dote.

Incluso podrá venderla y comprar otros bienes, los cuales serán siempre suyos, a menos que en el contrato matrimonial sus padres hayan establecido otra cosa.

—¿Es cierto que ese rubí se encontraba dentro del cofre cuando Farid lo entregó a Soraya? Insistió Morles.

—Sí, señor Morles. Después que vi el rubí por primera vez, antes de su entrega, el cofre permaneció varios minutos a la vista del público en el mismo lugar; y fue fotografiado y filmado. Todos nos dimos el gusto de admirarlo, aunque nadie llegó a tocarlo.

Una vez consagrarlo como dote, ordené a las vestales cerrar el cofre, lo cual hicieron en mi presencia y en la de todos, sin llegar a tocar la gema. De inmediato lo sellé y lacré, también en presencia de todos.

—¿Qué pasó después en la ceremonia?

—Soraya entró en la suite y fue recibida por su tío. Entonces, luego de las oraciones rituales de ese solemne acto, se procedió a las abluciones o purificaciones exigidas por nuestras normas. Para ello, las vestales llevaron las palanganas y jofainas; con las cuales, primero el novio y luego la novia, se lavaron las manos para poder tocar el cofre.

# El ofrecimiento de la dote

El imán continuó su narración:

—Terminada esa formalidad, la de las abluciones, Farid levantó el cofre, aún cerrado, sellado y lacrado por mí, y se lo ofreció a Soraya, quien lo recibió con una gran sonrisa.

Soraya entonces rompió los sellos y lo abrió. Pude ver de nuevo el rojo reflejo de ese hermoso rubí durante breves segundos...

Sin embargo, de pronto, antes de que Soraya pudiera extraerlo del cofre, un espíritu maligno lo transformó en esa piedra vulgar.

Pablo le preguntó:

—¿Está usted absolutamente seguro, señor, de que vio el rubí dentro del cofre cuando Farid se lo entregó a Soraya?

—Sí. Lo vi allí, increíblemente bello, proyectando su extraña luz roja, a pesar de la escasa iluminación que había en el lugar donde nos encontrábamos.

—¿Por qué dice que la luz que proyectaba era extraña?

—Porque lo era.

No todos los días puede uno observar un rubí, y menos de esas dimensiones, reflejando esa luz roja.

Yo estaba a poca distancia del cofre, y de ambos novios, y pude admirarlo justo hasta que desapareció.

—¿Dónde estaba el tío de Soraya?

—El señor Irat estaba a mi derecha.

Era el sitio que le correspondía, como padrino y representante de la prometida, Soraya.

—¿Dónde se encontraba el señor Frank Polter?

—Detrás del señor Irat. Recuerdo haber visto el reflejo del rubí en su rostro.

—¿Tan cerca estaba del cofre?

—Sí, había asomado la cabeza para observar mejor la ceremonia.

—¿Quién es él? ¿Por qué estaba en esa ceremonia tan íntima?

—No tengo idea, señor Morles. Quizás el señor Polter sea un amigo de Farid o de Soraya.

—¿Vio en ese momento a Elis Ramos, el responsable de seguridad?

—No, pero seguro estaba por allí. Yo simplemente me encargaba del oficio religioso. Lo menos que podría presentir es que el rubí corriese riesgo.

—¿Tenía Farid alguna de sus manos o dedos sobre el cofre cuando lo tomó Soraya?

—El rubí desapareció exactamente en el momento en que Farid entregaba el cofre ritual a Soraya y ella lo recibía.

Ambos estaban agarrando el cofre, uno entregándolo; y la otra, recibiéndolo.

Hasta ese momento todos vimos los destellos del Seno de Soraya.

—¿Llegó la prometida a levantar ese rubí, o a tocarlo?

—No. Ella sonrió, complacida.

Con su mano izquierda sujetó el cofre, mientras que con la otra lo abrió y trató de sacar la gema, pero súbitamente gritó.

Más que de indignación, ese grito fue de sorpresa y profundo dolor, al ver que lo que contenía el cofre era un pedrusco.

"El Seno" súbitamente cambió de color y se convirtió en una piedra mate. Si no lo hubiera visto, jamás lo habría creído.

—¿Tiene usted alguna idea de lo que pudo haber sucedido?

—No. La única explicación que tiene eso es que un demonio intervino.

Los beduinos sufíes o místicos, como yo, creemos que hay espíritus o genios que en algunas ocasiones intervienen en los actos de los seres humanos para afectarlos, dañando sus personas o bienes, y trastocando la realidad, como en el caso que ustedes investigan.

—¿Y esos genios se llevaron el rubí?

—Sí. Espero que Farid pueda recuperarlo. Él es un excelente muchacho y siempre ha sido generoso con todos.

Para ayudar al joven me valí de un viejo antecedente de nuestra tribu, y exigí al tío extender por 15 días más el plazo para que entregue a su prometida el mismo rubí que yo consagré como dote; pero ya han transcurrido 2 días, y no me será posible conceder una nueva prórroga.

Si Farid no logra cumplir con su obligación de dar el Seno de Soraya a su prometida, conforme a lo que su padre convino con Keled, su clan familiar deberá entregarlo formalmente a la familia de su prometida para que lo castiguen, y deberá pagarle a ella una indemnización equivalente al doble del valor de la dote.

## El orden sí importa

Clayton opinó:

—Con el debido respeto, señor, me parece una pena desproporcionada e injusta.

Máxime en un caso como este, en el cual el joven ni siquiera intervino en esa negociación y, no obstante, ha hecho todo lo posible para cumplirla. Además, ambos se aman.

A usted le consta que efectivamente ha sido así.

—Pienso igual que usted, señor Clayton. Sin embargo, los de mi tribu no tenemos, como en los países democráticos, órganos preconstituidos para la administración de justicia, sino tribunales comunitarios que aplican las sanciones sin previos procesos.

Son los pueblos quienes a veces injusta y colectivamente imponen y ejecutan las sanciones.

Y esos jueces colectivos están cargados de odios y de resentimientos, especialmente cuando el enjuiciado es un joven multimillonario.

Farid está en un inminente peligro de muerte; y es poco o nada lo que yo puedo hacer por él.

Sin embargo, como el señor Morles dijo al inicio de esta entrevista, a veces hay detalles que entonces lucen insignificantes y que el cerebro hace flotar en la memoria de uno después de ocurridos los hechos.

Durante el acto de la entrega de la dote hubo algo aparentemente tonto o irrelevante, al cual entonces no atribuí importancia alguna, aunque ahora, después de hablar con ustedes, considero que podría ser una tabla de salvación para Farid.

Morles reaccionó con interés:

—¿Cuál es ese detalle, señor Moad?

—¡Las abluciones, amigos! La novia no las efectuó de la manera exigida por nuestras normas, antes de las oraciones específicas para la recepción de la dote.

—¿Podría explicarnos eso mejor, señor?

—Con gusto. Como seguramente conocen, la ablución es la purificación ritual de algunas partes del cuerpo antes de un acto religioso.

La entrega del cofre con la dote, por su simbolismo, exigía que se respetasen y cumpliesen con rigurosa exactitud, los procedimientos establecidos para las abluciones.

Es decir, primero cada uno de los novios tenía que lavarse tres veces la mano derecha, y luego tres veces la mano izquierda.

Farid realizó sus abluciones correctamente; no obstante, la novia las ejecutó de manera inversa a lo preceptuado: primero se lavó tres veces seguidas la mano izquierda; y luego, tres veces seguidas la mano derecha.

—¿Eso podría viciar el acto?

—En mi opinión, sí, señor Morles, porque la novia en ese momento no solo tenía que tener limpieza interior, lo que implicaba ser una comprobada doncella; sino que también debía ser exteriormente limpia, pues sus manos tocarían el cofre y el rubí.

Y como esa limpieza o higiene tenía que ser espiritual y física, para lograrla Soraya debió cumplir, y no lo hizo, el sagrado rito de purificación ordenado por nuestra religión, siguiendo paso a paso el procedimiento preceptuado para las abluciones, sin alterarlo.

Posiblemente lo olvidó, por haber permanecido tanto tiempo en Turquía y en otros lugares, sin conexión con su tribu.

La pobre ni siquiera habla el dialecto del pueblo de Keled.

—¿Qué podemos hacer con esa información, señor?

—Todavía no sé. Tendré que meditar eso, aunque solo yo podría revocar la consagración de la dote. Si yo la anulo, las cosas volverían a su estado original. En tal caso, el pacto matrimonial sería nulo, aunque Farid y Soraya, si lo desean, podrían de mutuo acuerdo renovarlo y cambiar la dote.

Redactaré mi opinión respecto a la nulidad de la ceremonia de entrega de la dote, y la haré llegar al consejo de ancianos.

# Buscan al imán

Alguien tocó enérgica y repetidamente la puerta. Robert y Pablo oyeron una discusión en árabe, que no entendieron. Poco después regresó el imán Moad, seguido muy de cerca por dos hombres.

Moad parecía nervioso. Se acercó a Clayton y a Morles, y les dijo:

—Como les dije, señores, la ceremonia de entrega de la dote es inobjetable. Nada puede hacer el señor Farid para impugnarla.

Él incurrió en una grave violación a las normas de entrega de la dote que ofreció.

Saldré en pocos minutos al aeropuerto, para cumplir un compromiso religioso en Damasco. Espero regresar en unos días, para comunicar mi dictamen al consejo de ancianos.

Mientras Pablo y Robert escuchaban al imán, los dos extraños visitantes permanecían de pie, observándolos fijamente. Pablo entendió que el religioso no deseaba seguir hablando en presencia de esos hombres, y se despidió amablemente:

—Muchas gracias, señor Moad. Nuestra entrevista con usted ha sido útil y provechosa. Lo felicitamos por su claridad de pensamiento.

Le deseamos un feliz viaje, y que en las próximas ceremonias los genios o demonios no se roben las dotes-

Solo me resta hacerle una pregunta importante para nosotros.

—Todavía tiene tiempo, señor Morles...

¿Cuál es?

—¿Sabe usted algo sobre una organización terrorista que afirma poseer el Seno de Soraya, y que supuestamente está exigiendo a Farid el pago de un multimillonario rescate para devolverle ese rubí?

—No tengo la menor información sobre eso, señores.

Mi campo es el religioso, no el militar.

Mirando con desconfianza a los dos hombres que los vigilaban, Pablo respondió al líder religioso:

—Seguramente esa información la inventaron los mismos espíritus o genios malignos que transformaron el maravilloso rubí en una vulgar piedra, señor Moad.

—Ja, ja, ja.

Yo creo que muchos de esos demonios surgen como consecuencia de las grandes cantidades de café que los árabes consumimos a diario.

Por cierto, hablando de eso, si quieren llevarse un poco de café con cardamomo, pueden hacerlo, porque no podré tomarme todo el que me quedó en mi *dallah, y* tendré que botar gran parte de tan fina bebida.

Robert educadamente rechazó el ofrecimiento. En cambio, Pablo sí lo aceptó:

—Gracias, me gustaría llevarle a mi esposa un vaso, solo para que lo pruebe.

—Tengo un antiguo envase ceremonial decorado, especial para infusiones árabes, que podría servirle para mantenerlo caliente.

Lo llenaré para que se lo entregue a su esposa, inspector, como un obsequio para ella de mi parte.

Moad se retiró a la cocina de la suite, y regresó con una preciosa jarra de café en la mano.

Se acercó a la mesa, llenó con el café caliente la jarra y se la entregó a Pablo.

—Es usted muy gentil, señor Moad. La verdad es que nunca había visto una jarra más hermosa. No debería desprenderse de ella.

No creo que vuelva a usarla, inspector.

El cardamomo se guarda en la parte de abajo.

Espero que a su esposa le guste y que ambos recen por mí.

—No sé cómo agradecerle. Magda estará encantada.

—Los veré cuando regrese de Damasco, si es que esa la voluntad de Alá, para que me informen sobre sus investigaciones.

Clayton le respondió:

—Será un placer y un honor, señor. Ha sido usted muy amable. ¡Buen viaje!

## Pablo presiente el peligro

Apenas salieron de la suite del imán, Morles observó a Clayton:

—El imán Moad que regresó después de atender a los dos hombres que tocaron la puerta de su habitación, era totalmente distinto del que habló minutos antes con nosotros.

Esos hombres no parecían franceses, tampoco árabes. Hablaron un idioma raro, que no pude identificar.

—El imán solo estaba apurado, porque los dos que llegaron lo esperaban para llevarlo al aeropuerto.

—¡No! Hubo algo más. A nosotros nos dijo que la ceremonia estaba viciada de nulidad; pero ante los recién llegados afirmó algo totalmente diferente: que la ceremonia era válida.

—Tienes razón. Probablemente consideró que el asunto era confidencial y que no debía expresar su opinión ante esos hombres.

—Haz que los sigan hasta el aeropuerto, Robert. Sabes que yo huelo el peligro y rara vez me equivoco cuando presiento algo malo.

—No estamos en tu país, amigo, sino en Francia. Aquí esas cosas no son tan frecuentes como allá. No obstante, te complaceré.

Robert llamó por su teléfono al comisario Lindt:

—¿Pierre? Hola, soy Robert. ¿Podrías hacerme un favor?

El jefe de Interpol habló unos minutos con el comisario francés. Luego se dirigió a Morles:

—Complacido, Pablo: dos de los agentes que teníamos apostados en el hotel van discretamente en un automóvil siguiendo al taxi que lleva al imán Moad al aeropuerto.

Tienen instrucciones de no apartarse de él, y de protegerlo hasta que ingrese a su avión.

—¿También se montaron en el taxi los dos hombres mal encarados que entraron a la habitación del imán?

—No. Lindt me informó que sus agentes vieron a los dos hombres hablar en la parada con el taxista.

Le pagaron y solo se retiraron cuando el taxista arrancó con su auto rumbo al aeropuerto, llevando como único pasajero al imán.

—¡No me gusta eso, Robert!

—Vas a parar en loco, si sigues viendo peligros por todos lados, Pablo.

—Ya lo estoy, amigo. Mi locura es de nacimiento. La tuya comenzó cuando empezamos a trabajar juntos.

—¿Qué estás haciendo, Pablo?

—Reviso mi Colt 45, Robert. Quiero estar seguro de que tiene la bala en la recámara y que está lista para disparar.

—¡Guarda esa pistola, amigo! Este es uno de los más grandes y lujosos hoteles del mundo. Está lleno de cámaras y de detectives.

Si algún huésped o empleado te ve empuñando esa arma, se formará un escándalo mayúsculo.

—Tranquilo, Robert. Ya la revisé y está en orden. Me habría gustado acompañar al imán al aeropuerto.

—Ya nos dijo todo lo que nos interesaba, Pablo.

—No todo. Se vio obligado a decirnos que nada sabía de la organización terrorista que estaba exigiendo el rescate para devolver la piedra.

—Hasta ahora no hemos visto vestigios de la existencia de esa organización.

—Yo sí los vi.

—¿Cuáles?

—Los dos guerrilleros que entraron a la habitación del imán y que lo secuestraron. ¿No observaste sus caras? No eran empleados del hotel, ni parecían amigos de él. Todo lo contrario.

—¿Guerrilleros? ¡Me preocupas, amigo! Ves por todas partes delincuentes o malhechores.

Según me informó Pierre, esos señores gentilmente acompañaron al religioso hasta la línea de taxi del hotel y le pagaron al conductor para que lo llevara a Damasco.

—¿Sin maletas, Robert?

¿Moad salió a pasar varios días en otro país, sin siquiera llevarse una maleta?

¡Tampoco se llevó el valioso cofre ritual que custodia y que debía usar para otra ceremonia en Damasco!

Clayton enmudeció. Sabía que cuando Pablo sospechaba algo, normalmente tenía razón.

Pablo le aconsejó:

—Pídele al comisario Lindt que recoja las grabaciones del hotel, especialmente las del pasillo de la habitación de Moad, cuando esos dos hombres tocaron su puerta.

—Deja el dramatismo, Morles. Te haré caso solo porque sé que crees que sucederán todas las cosas malas que te imaginas, aunque…

# La llamada de Pierre

Cuando Clayton comenzaba a pulsar el nombre del comisario Lindt en la lista rápida de su teléfono, este repicó.

—¿Pierre? ¡Justo en este momento estaba llamándote...!

Se oyó en el altavoz la voz alterada del comisario francés:

—¿Cómo te enteraste, Robert?

—¿De qué, Pierre?

—De que habría un atentado contra el imán Moad.

—¿Lo hubo?

—Sí. A unos cuatro kilómetros del hotel, el taxi que lo llevaba explotó.

La onda expansiva por poco destruye también el auto de nuestros agentes, que lo seguían a corta distancia.

Mis hombres se salvaron de milagro, aunque resultaron heridos.

—¿Y el patriarca Moad?

—¡El imán y el chofer del taxi murieron! Lo siento, no pudimos evitarlo. Debimos haber hecho más caso a tu advertencia.

¿Cómo lo adivinaste?

—Fue Pablo quien supuso que habría un atentado.

—¿Y qué le hizo suponer a Morles que eso sucedería?

—Una maleta.

—¿Solo una maleta? ¿Qué contenía?

—Nada, Pierre. Simplemente esa maleta no existía. Eso fue lo que hizo que Pablo sospechara.

—Menos mal que Morles está de nuestro lado, Robert. Ese hombre es medio brujo.

# ¿Quién nos creerá?

Pablo no dijo una palabra. Sus manos apretaron con fuerza y rabia la jarra caliente que Moad le había enviado a Magda.

Robert sugirió:

—¡Vamos a nuestro hotel! Dejemos que sea Pierre quien se encargue de retirar las grabaciones y de hacer las experticias al taxi. Elis lo ayudará.

Los dos jefes policiales muy tristes fueron a reunirse con sus esposas.

Pablo aprovechó para entregarle a Magda la jarra que le había enviado Moad, con el café aún caliente.

Los dos inspectores estaban desolados por la muerte del religioso.

Magda no salía de su sorpresa:

—¡Es una jarra lindísima! ¡Una obra de arte! Debe ser muy antigua. Es verdad que el café es fuerte y amargo, no obstante, después deja un extraño y agradable sabor en la boca.

Sin embargo, no entiendo, Pablo. ¿Por qué el imán me eligió a mí, y no a otra persona?

Ni siquiera sabía quién era yo.

Su esposo comentó:

—Nos pareció un hombre humilde, comprensivo y bondadoso: aunque sabía que éramos de otra religión, nos trató con mucho respeto y consideración.

Él mismo nos preparó y sirvió el café.

Parecía sinceramente interesado en ayudar a Farid.

Me habría gustado hablar un poco más con Moad, aunque eso ya no será posible.

Haremos todo cuanto podamos para que ese crimen no quede impune.

Robert añadió:

—Moad nos dio una importante pista: la posible nulidad de la ceremonia, por haber invertido Soraya el orden de las abluciones.

¿Pero quién nos creerá?

Es un asunto religioso, y para ellos todos nosotros, incluido Farid, somos impuros.

Morles meditó unos segundos, y después señaló:

—No olvides, amigo, que el señor Brown, el hombre de la compañía de seguros, grabó con todo detalle cada una de las etapas de la ceremonia.

Allí tiene que haber quedado gráficamente registrado el orden seguido por la doncella para lavar sus manos.

—Para ellos, Brown es tan infiel e impuro como nosotros, Pablo.

De todas maneras, la nulidad de la ceremonia, nada aportaría para que aclaremos lo que pasó al rubí, y para eso fue que vinimos.

El imán fue muy claro, al decirnos que la nulidad de la ceremonia podría dejar sin efecto el pacto matrimonial, sin sanción alguna ni para Farid ni para Soraya; pero que los dejaría a ellos en libertad de reactivarlo de mutuo acuerdo; caso en el cual Farid tendría que ofrecer a Soraya una nueva dote.

Pablo no hizo comentario alguno.

# Zulay y Emma

Pablo había pedido hablar con Zulay y Emma, dos divertidas jovencitas pelirrojas y pecosas, de ojos azules, que también habían estado presentes en la frustrada ceremonia de entrega de la dote.

Eran amables y respondían casi al unísono sus preguntas.

—¿Quién las invito a la ceremonia?

Zulay contestó:

—Le preguntamos a Blanka si podíamos asistir, y encogiéndose de hombros, ella nos respondió: ¿Por qué no?

Emma ratificó:

—Sí. Prácticamente nos invitamos nosotras mismas. No queríamos perdernos esa extraña ceremonia.

No podíamos creer que de verdad un joven tan buenmozo, rico y educado, se casara con esa mujer, teniendo a nuestra amiga Blanka, que está loca por él.

Casándose con Blanka, Farid obtendría tres mujeres por el precio de una, porque Zulay y yo ayudaríamos a nuestra amiga a hacerlo muy feliz... Ja, ja.

—¿Ustedes son de la tribu de Blanka?

—No. Para nada. Ni siquiera somos árabes. Las dos somos canadienses.

—¿Y para qué vinieron a París?

—¡A buscar novio! Esperamos que Blanka nos presente a uno de sus millonarios amigos.

—Solo quería preguntarles algo, chicas.

—Pregunte, inspector.

—¿Vieron ustedes el Seno de Soraya?

Emma se rio y preguntó a su vez:

—¿Se refiere usted al rubí o a los senos de la nueva prometida? ja, ja, ja. ¡También es muy bella!

Zulay la apoyó:

—¡Dígame eso! No entiendo como Farid pudo preferir los senos de Soraya, a los bellísimos y famosos pechos de Blanka; aunque hay que reconocer que los de Soraya son más sensuales.

A los hombres les gustan las mujeres con grandes pechos y glúteos.

Pablo tuvo que admitir que tenían razón:

—Opino igual que ustedes, amigas, sin embargo, necesito una respuesta objetiva: ¿Vieron el gran rubí dentro del cofre?

—Claro, todos lo vimos y admiramos. Estuvo expuesto en la mesa durante varios minutos.

—¿Cuándo lo vieron? ¿Antes o después de la entrega de la dote, por parte de Farid a Soraya?

—Estuvo en exhibición antes, después solo pudimos verlo desde alguna distancia.

—Entonces sí estaba dentro del cofre.

—Sí, hasta en el techo se reflejaba.

—¿Conocían ustedes a Soraya antes de la ceremonia?

—Solo la vimos dos o tres veces, aunque no llegamos a hablar con ella.

Emma respondió:

—Prácticamente entró con nosotras al hotel.

Tuvo algunos problemas en la recepción, porque los empleados no sabían quién era.

Frank explicó al gerente que se trataba de la prometida del señor Farid, y todo se calmó.

En la recepción, viendo que portaba un pasaporte turco le llamaron a una recepcionista que hablaba ese idioma.

Ella dijo que prefería alguien que hablara birmano y que, si no lo tenían, ella podía entenderse en francés. Frank no perdió el tiempo y se ofreció para servirle de traductor. Y ella, haciéndose la tonta, nos lo quitó.

Pablo indagó:

—¿Frank, otra vez? Varios testigos lo han mencionado, pero ¿quién es ese Frank?

Fue Emma quien le contestó:

—Se nota que usted es hombre. Es Frank Polter un joven encantador.

Lo conocimos en el aeropuerto. Todas las mujeres del hotel estamos locas por él. Es muy buenmozo y tiene mucho dinero. Pero a Frank solo le interesan las doncellas.

—¿En cuál de las doncellas se interesó Frank? Que yo sepa, solo hay tres.

—Frank se interesó en Soraya, pero Blanka y Cinta están haciendo todo lo posible por quitárselo.

—¡No puedo creerlo! ¿Una pelea entre doncellas por el amor de un hombre?

Además, Soraya es la prometida...

—No sea anticuado, inspector.

¡No se trata de una pelea por amor...!

Eso nada tiene que ver con sentimientos, sino con deseos.

Zulay añadió:

—Nosotras no calificamos como doncellas. Pero estamos atentas, somos vestales sustitutas, ja, ja...

*Rio revuelto, ganancia de pescadoras.*

—¿Cómo llegó Soraya al hotel?

—En taxi. La acompañaban su tío Irat y dos señores. Entre ellos hablaban un idioma extraño.

—Gracias, muchachas. Que encuentren a sus príncipes azules.

Zulay le dijo, esperanzada:

—Gracias, inspector. Ojalá que aparezcan pronto.

Su amiga fue más conforme:

—Aunque sea solo uno para las dos. Ya veremos cómo compartirlo, si aparece. ¡Estamos desesperadas!

Cualquiera nos sirve... ¡Cualquiera! ¡Hasta usted, inspector! ¿No se anima?

—Tengo dos problemitas, para eso, amigas.

—¿Cuáles son?

—El primero es que estoy muy felizmente casado.

—Eso molesta, pero no impide. Podemos dar por superado ese problemita.

¿Y cuál es el segundo?

—El segundo es que no soy millonario.

—Ese sí es un problema grave, inspector. Pero no pierda las esperanzas: si llega a ganarse la lotería, no dude en llamarnos.

¡Estaremos a su disposición!

Mientras tanto, esperaremos que Frank se desocupe.

—Cuidado, muchachas. Ese rubí tiene el color de la sangre.

# Arde el lecho

Mientras los agentes de la policía francesa ejecutaban las órdenes que el comisario Lindt enérgicamente les impartía, Robert y Pablo subieron al último piso de la sección derecha del hotel, donde estaban ubicadas las suites números 2 y 3

Pero cuando casi tocaban la puerta de la suite número 2 para tomarle declaración a la prometida, se abrió la puerta y de ella salió Joanna, la encargada del protocolo.

La mujer no los vio, pero su presencia hizo que Clayton cambiara de opinión, y que dijera a Morles:

—Lo más prudente y ajustado al protocolo es que el interrogatorio sea dirigido por la policía francesa y no por nosotros, ya que hasta este momento no tenemos pruebas de hecho alguno que amerite la intervención de Interpol. Bajemos a la administración del hotel, porque allí está el comisario Lindt.

Él podrá encargarse de hablar con Soraya, para que acepte reunirse con nosotros, en la oportunidad que considere más adecuada.

Pablo le respondió:

—Sí, claro. Me parece lógico.

Además, ese es el procedimiento que los manuales de Interpol contemplan para entrevistar a las doncellas.

Habría preferido quedarme descansando en una de esas cómodas poltronas, para llamar a Magda, pero te acompañaré.

—¡Quédate si quieres, Pablo! Solo tardaré unos minutos.

Saludos a Magda.

—Con gusto, Robert.

Pablo se sentó en una poltrona, pero apenas Robert entró al ascensor y lo dejó solo, se levantó y fue directamente hacia un detector de incendios, acercó al sensor un encendedor de cigarrillos, y una lluvia de agua comenzó a caer desde los altos techos.

Luego, Morles corrió hasta una ventanilla que estaba al lado de la entrada de la suite 2, que en varios idiomas decía: *En caso de incendio, rompa el vidrio*, y con la cacha de su Colt hizo añicos el cristal, haló el anillo de la alarma; extrajo el extinguidor que estaba dentro de la ventanilla, y lanzó una nube de polvo seco por todo el pasillo.

Después, haló y desenrolló la manguera, abrió la llave del agua y mantuvo el fuerte chorro pegando directamente primero, contra la puerta de la suite 2, y luego contra la puerta de la suite 3.

El espectáculo del hasta pocos segundos antes bello pasillo, frente a ambas suites, era dantesco: El agua chorreaba de los techos y caía sobre las paredes y alfombras; un rio de agua mezclada con el polvo químico contra incendios fluía por las escaleras y bajaba como una catarata por el foso de los ascensores.

Los sistemas de protección del hotel cortaron de inmediato la energía eléctrica de esa sección, la cual solo quedó iluminada por las lámparas y luces de emergencia.

Las puertas contra incendios bloquearon y aislaron del resto del hotel a toda la sección donde se encontraban las suites 2 y 3. Gritos de terror se oían por todas partes.

Por los altavoces, en varios idiomas, el sistema automático ordenaba desalojar de inmediato toda la sección, usando solo las escaleras de emergencia, y dando prioridad a las personas con algún grado de discapacidad, a los ancianos y a los niños.

Un hombre joven, vestido solo con un interior, abrió la puerta de suite 3; y cayó al suelo al recibir directamente en el pecho el impacto del potente chorro de agua.

En la penumbra confundiendo a Pablo con uno de los empleados del hotel, le preguntó, asustado:

—¿Qué está pasando, señor?

—Nada, amigo, parece que se prendió algo en la cama de la suite vecina.

—¡Esa suite está vacía!

Su ocupante está dentro de mi habitación, con una crisis de nervios.

¿Dónde están los bomberos?

¿Por qué no han llegado?

—Están cerca, en un quiosco ubicado a unos 20 kilómetros de aquí, desayunando. Allí venden unos croissants riquísimos.

Se los recomiendo. ¡Son más baratos que los del hotel!

—¡En un hotel de lujo como este no deberían suceder estas cosas!

—No se preocupe, señor, soy bombero voluntario.

Pablo entró a la suite 3.

El chorro de agua de la manguera que portaba tumbó los espejos y adornos de la habitación.

Morles ordenó al hombre.

—Vaya y cierre la manguera, amigo.

Ya apagué el fuego de esta suite, y en las otras nada sucedió...

## Pablo mira más de la cuenta

Dentro de la suite 3, Pablo pudo observar que sobre el mullido colchón de una cama matrimonial estaba una joven cubriendo parcialmente su cuerpo con el pantalón del hombre.

La mujer preguntó a Morles, furiosa:

—¿Quién es usted? ¿Qué hace aquí? ¿Qué está pasando?

—Nada, señorita. Solo es un simulacro de incendio que cada día, a esta misma hora la gerencia del hotel lleva a cabo. Siempre es mejor prevenir que lamentar. No hay peligro alguno.

Dentro de poco a usted y a su acompañante les traerán pastillas contra los resfriados. ¡Tranquilícense! Sigan durmiendo.

La mujer gritó indignada:

—¿Cómo podremos seguir durmiendo con esta cama inundada?

El colchón parece una piscina de agua helada. ¡Me quejaré a la dirección del hotel!

Luego llamó a su acompañante, que estaba afuera, cerrando las llaves en la oscuridad.

—¿Dónde estás, querido?

¡Ven pronto, hay alguien en nuestra habitación! ¡Tengo frío!

En ese momento el hombre regresó del pasillo y explicó algo a su pareja, quizás diciéndole que Pablo los había ayudado.

La joven le respondió:

—Dale una baja propina.

Prácticamente solo vino a curiosear.

El huésped extrajo de una de las gavetas del escritorio un billete mojado de 10 euros y se lo dio a Pablo, quien le dio las gracias efusivamente.

Luego, Pablo se retiró, no sin antes pedir permiso para llevarse una bandeja con restos del desayuno de la pareja y sucias servilletas.

Los bomberos llegaron poco después y preguntaron a Morles si había alguien dentro de las suites.

—La suite 2 está vacía, pero en la 3 hay una pareja de viejitos en andaderas.

El humo no me permitió entrar y como la puerta se les cerró por dentro, no pude auxiliarlos.

¡Pobres! Estaban asustados.

Creo que ustedes llegaron tarde, porque ya ni siquiera se les oye toser o llorar. Deben estar desmayados o...

Los bomberos no esperaron a que Morles terminara la frase: rompieron la puerta de la suite 3 a hachazos y entraron violentamente...

Desde el pasillo, Morles, sonrió complacido, al oír los gritos e insultos que la pareja profería contra los bomberos.

# Los cálculos de Pablo

Robert Clayton había subido detrás de los bomberos las 9 plantas de esa sección del hotel y llegó al pasillo exhausto y todo mojado. Encontró a Morles sentado en la misma poltrona donde lo había dejado, solo que empapado y con una sonrisa de oreja a oreja.

—¿Qué sucedió aquí, Pablo?

—Nada de particular. Una alarma se disparó sola durante un chequeo de rutina.

—Estaba preocupado por ti, amigo. Me dijeron que hubo un terrible incendio en esta sección.

No pude venir antes, porque todo este tiempo estuve entre dos niveles encerrado en el ascensor, sin luz alguna, excepto la de los chispazos de los cortocircuitos causados por el agua que manaba del techo.

—El fuego estaba en la cama de la suite 3, Robert. Pero ya se apagó.

—¿Y en la 2, la de Soraya?

—Estaba fría y vacía.

—¡Gracias a Dios!

—Me mojé, pero todo tiene su lado positivo, Robert: me gané 10 euros. No está mal, por solo unos minutos de divertido trabajo.

De haber hecho lo mismo en cada planta, habría obtenido unos 190 euros en menos de una hora.

¡Eso es mucho más de lo que gano al mes!

—No sigas hablando tonterías, Pablo. Recuerda que eres el primer comandante de la policía de tu país. Si alguien llega a oírte, pensará que fuiste el culpable del incendio.

# El resfriado

Nadie pudo explicar con exactitud lo que pasó en el piso 9, ni calmar a los enfurecidos clientes.

La joven amenazó con demandar al hotel por incendio intencional, ya que uno de los empleados le había informado que se trataba de un simulacro provocado por la gerencia para prevenir incendios reales.

Tuvieron que mudarla a otra habitación del hotel, porque la de ella tardaría varias semanas en secarse.

El justificado mal humor de la joven era terrible. A pesar de las esmeradas atenciones, cuidados y remedios que recibió, sus estornudos y toses retumbaban en todos los pasillos.

Morles y Clayton habían quedado en encontrarse temprano en las oficinas de Interpol en París, para seguir trabajando en el caso, mientras sus esposas salían de compras.

Sin embargo, Morles llegó con más de 20 minutos de atraso.

—¿Qué pasó, Pablo? ¿Se te pegaron las sábanas? ¿Tuviste algún inconveniente?

—No, amigo. Disculpa. Solo aproveché que estaba aquí para pasar antes por los laboratorios y saludar a algunos viejos conocidos de Interpol.

Me permití pedirles en tu nombre que examinaran unas muestras de un caso que estaba tramitando cuando me secuestraste, y que enviaran por internet los resultados al Ala móvil.

—No hay problema, Pablo. Nuestros laboratorios están a tu orden para cualquier cosa que necesites.

—Gracias, hermano.

—Si no tienes nada más que hacer en el laboratorio, lo mejor será que vayamos al hotel de Farid. Tenemos muchas cosas que hacer allá.

—Me parece bien.

# El héroe

Clayton entró a las oficinas de la gerencia del Hotel.

Como parte de su investigación administrativa, el gerente había revisado las grabaciones de lo sucedido en las suites 2 y 3, y quedó admirado por la rapidez con la que Pablo había reaccionado cuando se presentó la "emergencia":

—La rapidez, el valor y la eficiencia del inspector Morles son increíbles, señor Clayton.

Nuestros equipos de seguridad llegaron al lugar mucho después que él, sin ayuda, había apagado el fuego.

Dicen que también salvó a una pareja de ancianos que había subido a esa suite. Deben haber sido visitantes, pues no hemos tenido noticias de ellos.

En los videos aparece el inspector Morles rompiendo el vidro de seguridad con su pistola, sacando el extinguidor de incendios y usando la manguera con arrojo, cuando uno de los huéspedes salió desesperado y le pidió auxilio.

Salvó, entre otras, las vidas de quienes estaban dentro de la habitación y las de los dos ancianitos, y evitó al hotel inmensas pérdidas.

Dele las gracias de nuestra parte.

Clayton le respondió, extrañado:

—Morles es un hombre sorprendente, señor. Todos los días me entero de una nueva habilidad suya.

Lo conozco desde hace años y jamás imaginé que también fuese bombero.

Cuando Morles llegó a la recepción, encontró a Robert alegre y orgulloso:

—¿Por qué no me dijiste, amigo, que habías sido tú quien valientemente apagó el fuego? ¡Menos mal que te quedaste allí para llamar a Magda!

—¡Bah! ¡Fue una tontería! Cualquiera habría hecho lo mismo.

—En premio, tendrás hoy una labor mucho más agradable que la de ayer: entrevistar a la bellísima Blanka.

La invitaremos a desayunar. Así podrá hablar con mayor confianza. Por los costos de la invitación, no te preocupes.

El gerente está tan agradecido que nos regaló una tarjeta de consumo.

Todo lo que pidamos durante esta semana en el hotel, será por cuenta de la gerencia.

## Una pragmática vestal

Blanka era de verdad una mujer espectacular, pero no llegó a la cita vistiendo el ceñido traje blanco con el que los inspectores la habían conocido en la suite número 1, sino una larga bata de seda de color azul marino la cual, aunque la cubría casi totalmente, resaltaba su curvilíneo cuerpo.

Calzaba también unos zapatos de tacones muy altos de un color rojo intenso, que combinaban con una cartera del mismo color.

Seguida por las miradas de todos los demás huéspedes y visitantes del hotel, la joven, con sinuosos movimientos y esquivando las numerosas mesas y sillas del lujoso restaurante, se acercó al lugar donde estaban los dos inspectores.

Clayton se levantó y después de saludarla, la invitó sentarse con ellos.

La dama susurró con una voz musical.

—Encantada de verlo de nuevo, señor Morles.

Pablo le respondió:

—Carolina.

La joven lo corrigió:

—No, señor, no soy Carolina, mi nombre es Blanka.

—Me refería, Blanka, a tu perfume: un Carolina Herrera, VIP212. Tienes buen gusto. Es un excelente aroma.

—Veo que conoce usted de fragancias. La del VIP212 es mi preferida.

Dicen que quien aspira el aroma que emana de la piel de una mujer, disfruta parte de su cuerpo.

—No esperaba oír esa atrevida frase de labios de una vestal.

No pude oír tu apellido, Blanka... ¿Cuál es?

—No oyó mi apellido, porque no se lo dije. Los de la república de Myanmar, antes Birmania, no tenemos apellidos. Los nombres suelen ser de una sola palabra, muy breve.

Cuando se usan dos o tres palabras, es porque las demás son honoríficas, es decir, como para ustedes es el empleo, antes de sus nombres de pila, de las palabras papá, mamá, señor o señora, don o doña, o el empleo de vocablos que designan un cargo, como presidente, ministro o embajador.

—Entonces no eres exactamente beduina.

—Mi madre era birmana, pero mi padre era tuareg, los hombres azules del desierto.

—¿Y entonces cómo se identifican ustedes?

—¿Me reconoció usted cuando entré? ¿Conocía mi apellido? ¿Sabía quién era yo?

—Tienes razón. Fue una tonta pregunta.

Una sonrisa iluminó el rostro de la doncella.

—Tiene que aprender muchas cosas más de mi país, inspector. Si quiere, puedo servirle de guía.

Sabía que me interrogaría, porque soy la principal sospechosa. Seguramente usted también piensa que fui yo quien robó el Seno de Soraya

—No acostumbro a llegar a conclusiones anticipadas. ¡Te aseguro, Blanka, que no estoy pensando en ese pétreo y frío seno...!

—Ja, ja. Entiendo. Los hombres occidentales solo piensan en pechos femeninos...

—Y los orientales, ¿en qué piensan?

—En cosas más importantes, como en las virtudes del alma, la pureza, la castidad, el amor...

—¿Entonces es verdad que eres una vestal?

—Sí, soy una doncella certificada.

—¿Qué edad tienes?

—23 años.

—Pareces tener 5 años menos.

—Gracias.

—Pero de acuerdo con los patrones culturales de occidente las vestales son mujeres sencillas, que no se maquillan, que cubren sus cuerpos con pesados mantos o *burkas* y velos o *niqabs*, para no despertar malos pensamientos...

—¿Le provoqué yo algún mal pensamiento, inspector? De ser así, ¿sería eso culpa mía o de su sucia conciencia? ¿Acaso es malo tener un cuerpo hermoso?

—En la cultura occidental, amiga, inducir al pecado es otro pecado.

—Lo sé, pero ¿y si fue usted quien con su cuerpo me produjo un mal pensamiento a mí? ¿Quién es más culpable, usted o yo?

Morles estaba desconcertado. La joven había resultado ser demasiado inteligente y lo estaba superando ampliamente.

El detective temía preguntar, porque sabía que la joven le respondería con otra pregunta, para la cual no tendría respuesta alguna.

La muchacha lo tenía contra las cuerdas.

Por fin, Pablo reaccionó:

—Explícame eso de la virginidad, de acuerdo con tu religión.

—¿No sabe lo que es la virginidad? ¿Todavía cree en que los niños provienen de París, la ciudad donde casualmente estamos, y que los llevan en aves zancudas hasta las casas de sus madres?

El concepto es el mismo que el de su religión y el de todas las demás religiones judeocristianas, inspector.

Pero si quiere se lo explico: una virgen es una mujer que es pura de mente y de cuerpo, que no ha tenido relaciones sexuales con ningún hombre o mujer y que ha sabido luchar contra sus malos deseos, superándolos, venciéndolos...

—Es raro encontrar en este siglo a una joven de tu edad, que no tenga interés alguno en el sexo.

—¿De dónde sacó usted que no tengo interés alguno en el sexo?

Todo lo contrario, inspector: lo valoro y deseo tanto que lo estoy administrando bien.

No quiero malgastarlo en cualquier hombre. Lo tengo reservado para mi futuro esposo.

—Pero tu virginidad sí te permite provocar malos pensamientos en otras personas...

—Moralmente, cada quien es responsable solo de sus actos. Pero, dígame señor Morles, ¿el interrogatorio solo versará sobre mi virginidad? ¿Es eso lo único que le llamó la atención de mí?

Antes de tocar ese tema, que usted (y no yo) considera impuro, en lugar de comenzar su entrevista preguntándome directamente sobre mis necesidades y órganos sexuales, pudo haber "allanado el terreno" refiriéndose a otras partes de mi cuerpo.

Por ejemplo, alabando mis ojos, mi boca, mis dientes o mi nariz...

—Te equivocas, Blanka. Mi interés en entrevistarte es exclusivamente profesional.

Tengo una esposa a quien amo y respeto, y quien vino conmigo. Es la madre de mis hijos.

—Eso cambia mi opinión sobre usted, señor Morles.

## La otra prometida

Morles continuó entrevistando a Blanka:

—Seré breve: solo quiero que me digas si viste el rubí dentro del cofre ritual, cuando tu primo Farid lo exhibió a los presentes en la ceremonia, es decir, poco antes de que él lo entregara a su prometida, la dulce, bella y también virgen Soraya.

—Ja, ja. Tiene usted sentido del humor, señor Morles, al llamar "dulce, bella y virgen" a esa mujer... Pero sí vi el rubí. Allí estaba.

—Creo adivinar que tu futura prima política no es una persona de tu agrado...

—Hay algo que quizás usted ignora, detective: yo fui la verdadera prometida de Farid, hasta que esa mujer hizo valer un pacto matrimonial anterior y preferente al mío.

Soraya destruyó mi futuro al lado del hombre a quien siempre soñé desposar.

Me dijeron que ayer estuvo punto de morir quemada en un incendio, y que se salvó porque un estúpido que casualmente estaba en esa sección apagó las llamas.

¡Ojalá que se hubiesen achicharrado ella y el imbécil que los salvó!

Robert estaba sorbiendo un trago de café, y se ahogó de la risa. Para disimular tosió varias veces.

Pablo añadió:

—¿Entonces Farid había comprado el rubí para ti?

—Sí, sería mío, pero en teoría yo no lo sabía, porque como prometida solo podía conocer cuál sería en definitiva mi dote, en el momento en que Farid me la diera durante nuestra ceremonia de entrega. Y esa ceremonia no llegó a realizarse.

—¿Por qué dices en teoría?

—¿No ha oído hablar usted de la curiosidad femenina? ¿Cree que una vestal puede ignorar algo que todos los demás saben? Todas sabemos con antelación en qué consistirá nuestra dote.

Hasta Soraya sabía que recibiría el Seno de Thiri.

—Pero, de forma sorprendente, en el caso de la dote de Soraya, el valioso rubí se convirtió en un sucio y oscuro pedrusco; lo que no suele suceder en otras ceremonias.

Eso, Blanka, acabó con la entrega de la dote y, por lo visto, también acabará con la boda.

—Le confieso, inspector, que creí que ese día sería el peor de mi vida, pero resultó ser uno de los más gratos y divertidos.

No tiene idea de cómo nos hemos reído Cinta, Emma, Zulay y yo.

Blanka prosiguió:

—Haré circular el video de la entrega de esa dote.

—Por lo visto, gracias a ese pedrusco las cosas han cambiado para ti.

Es probable, que el famoso Seno de Thiri, y luego de Soraya, cambie de nuevo de nombre y se llame el hermoso Seno de Blanka.

—Ja, ja. Pero eso ya no es posible, inspector.

Ni siquiera en el caso de que el consejo de ancianos anule el pacto de boda de Farid con Soraya, y declare que yo soy la genuina prometida, podría ese rubí ser mi dote.

—¿Por qué?

—Porque esa bandida, para humillarme, hizo que yo estuviese presente en la ceremonia, y que públicamente "me enterara" de cuál sería la dote.

Incluso logró que Cinta y yo fuésemos las dos vestales que de acuerdo con nuestra tradición debían colocar la dote en el cofre ritual.

El imán prácticamente se vio obligado a nombrarnos, pues, además de la misma Soraya, éramos las dos únicas vírgenes certificadas que podían estar presentes en la ceremonia.

Para poner el rubí dentro del cofre, Cinta y yo, no solo lo vimos, sino que también tuvimos que tocarlo; por lo que ninguna de las dos podrá recibirlo en el futuro como dote.

# El enemigo de tu enemigo es tu amigo

Pablo preguntó a Blanka:

—¿Por eso desapareciste el rubí y colocaste una sucia piedra en su lugar? ¿Cómo lo hiciste?

—No fui yo, inspector. Toda mi vida estaré agradecida a la persona o al espíritu que hizo eso.mi benefactor no solo impidió la ceremonia, sino que también le infligió un castigo terrible a esa mujer.

Ella quiso humillarme, pero fue la humillada… ¡Y de qué manera!

Pero, señor Morles, no hurté ni me apoderé de esa maldita piedra.

Todos los presentes vimos que estaba dentro del cofre cuando Farid se lo entregó.

—¿Pertenece Cinta al entorno de Soraya?

—Sí, porque hice que Farid la nombrara asistenta de Soraya.

—¿Con qué fin, Blanka?

—Al enemigo hay que conocerlo y la mejor forma es ponerle a alguien que supuestamente le sirva, pero que en realidad lo vigile.

Cinta es una joven de mi confianza y me informa todo lo que observa.

—¿Y Emma y Zulay?

—Son dos amigas mías, más jóvenes que yo. Simplemente asistieron para curiosear y divertirse.

—¿Son también vestales certificadas, como tú y Cinta?

—Ja, ja, ja. ¿Emma y Zulay, vestales? Se ve que no las conoce, inspector.

—Pero Cinta sí lo es: es una virgen certificada, como tú.

—Ja, ja, ja. Mejor es que no profundice mucho inspector. Digamos que es medio virgen.

—¿Y entonces cómo obtuvo ella la certificación?

—Igual que yo. No todos los imanes son tan honestos como era Moad.

Además, los hombres de mi tribu son demasiado crédulos.

—¿Incluyendo a Farid?

—Ese es el más crédulo y tonto de todos, inspector. Cayó como un pajarito en la trampa que le montó esa bandida. Le creyó todas las mentiras que le dijo.

—Supongo que lo que me has revelado es algo secreto y privado, Blanka... ¿Por qué me hablas con tanta franqueza?

—Porque hay un refrán que reza: *El enemigo de tu enemigo es tu amigo*, y yo sé que usted está tratando de desenmascarar al culpable.

—Farid nos dijo que has estado con él desde que ocurrió la suplantación del rubí, tratando de encontrarlo. ¿Por qué?

—Porque no confío en Elis. Además, no colaboraré para que esa ladrona se lleve mi rubí. Pero, ¿quiere que le diga lo que haré con ese rubí, si es que tengo la suerte de encontrarlo?

—Imagino que devolverlo a Farid.

—¿Devolvérselo? ¿Entregarle mi dote a Farid para que se la dé a Soraya y se case con ella?

¡Se equivoca, inspector!

¡Se nota que no sabe de lo que es capaz una doncella celosa!

## El turista amante de las gemas

Frank Polter resultó ser un joven simpático. Apenas vio a Pablo, lo reconoció como el bombero voluntario que lo había "salvado" del incendio de la planta 9 del hotel.

—Perdone, inspector. Lo confundí con un empleado del hotel. Gracias por apagar tan oportunamente ese fuego.

—Creo que apagué dos fuegos.

—Totalmente, inspector. Menos mal que donde hubo fuego, cenizas quedan. ¡Qué vergüenza! ¡Mi pareja se disgustó mucho! La verdad es que no fue para tanto.

Le ruego disculparnos.

Nos habíamos quedado dormidos y ni siquiera notamos el fuego. De no haber sido por usted, nos habríamos achicharrado.

¡Y lo peor es que le di 10 euros de propina, creyendo que era un empleado! Ella pensó que usted era un mirón. Ahora opina que fue un espía.

—No necesito que me envíen: sé enviarme solo, Frank. Por lo de la propina, no te preocupes, Esos 10 euros me cayeron muy bien.

—¿Qué desea saber, inspector?

—En primer lugar, quién eres y que haces aquí.

—Soy comerciante de piedras preciosas, pero vine de paseo a París.

—¿No es mucha coincidencia que un comerciante de piedras preciosas hubiese venido "de paseo" a París, justo en el momento en el que desapareció el rubí más caro del mundo?

—Sé que es extraño, pero desde luego, no vine por casualidad, sino porque quería ver el Seno de Thiri con mis propios ojos. Algunos de mi ramo llegamos a dudar de la existencia de ese famoso rubí.

—¿Qué les hacía dudar de que existiese?

—Su tamaño y su perfección. No son nada normales. Pero también su origen: los dos mineros que lo robaron, el lugar donde se lo llevaron escondido, el trágico final de Thiri, su entrega como dote a Soraya…

—¿Y cómo te enteraste de eso?

—Entre los comerciantes de piedras preciosas de gran valor no hay secretos. Todos sabemos cuándo una de ellas será entregada como dote.

Los compradores y sus financistas exigen muchas experticias y garantías, y la noticia se divulga rápidamente.

—Sí solo venías de turismo, ¿para qué trajiste a tu secretaria?

—Sue no solo es mi eficiente secretaria, sino una muy valiosa asesora comercial. Maneja todas mis cuentas y programa mis viajes. Si se me presenta una buena oportunidad de hacer un negocio, prefiero tenerla cerca de mí, que lejos.

—¿Y por eso te autoinvitaste a la ceremonia?

—Me invitaron dos amigas.

—Dos amigas que apenas conociste en el aeropuerto, para ayudarlas a cargar sus valijas, ¿no es así?

—No lo niego, señor Morles. Veo que usted está bien informado. Tampoco fue casual mi encuentro con esas dos locas y divertidas muchachas.

—¿Viste el rubí en la ceremonia?

—Sí. A cierta distancia. No pude tocarlo. Es mucho más bello de lo que pensé. Tanta uniformidad y perfección no son frecuentes en la Naturaleza.

—¿Cuándo lo viste?

—Cuando fue exhibido dentro del cofre, poco antes de su entrega a Soraya.

—¿Dónde estuvo el señor Irat mientras duró la exhibición del rubí?

—A mi lado. No llegó a tocarlo. Solo se movió de allí para recibir a su sobrina, después que el cofre había sido cerrado.

—¿Y Elis, el jefe de seguridad?

—La última vez que lo vi, fue detrás del ramo de flores.

—¿Estás absolutamente seguro de que era un rubí genuino?

—No soy gemólogo, sino un comerciante. Para comprarlo a Soraya, lógicamente contrataría a mis asesores, pero nadie pudo hacer algo tan bello, sino la propia Naturaleza, y eso no fue cuestión de días, sino de millones de años.

—¿Sabías que, según las leyes de la tribu de Akram, Soraya tiene que ser doncella para casarse con Farid?

—No. ¿Por qué? ¿Era cierto eso? ¿En estos tiempos? Ella misma me lo dijo, pero creí que era una antigua norma derogada. De todas maneras, nada diré al respecto, si eso la perjudica. No soy hombre de andar diciendo esas cosas.

—Ese no es mi problema, Frank. No me ocupo de esos casos sino cuando hay violación.

Pero sí me interesa saber qué pasó con el rubí. ¿Estaba todavía dentro del cofre cuando Farid lo entregó a Soraya?

—Más o menos.

—¿Cómo que "más o menos"? ¿Lo viste o no lo viste?

—Yo estaba al final de la fila, y asomé la cabeza para verlo mejor. Pero le confieso que vi más la cara de Soraya, iluminada por el rubí, que el mismo rubí. ¡Esa mujer es increíblemente hermosa!

—Pero tiene novio. Está comprometida.

—Ya no tiene novio. Ella misma me lo dijo. No se casará con Farid, por desplante que le hizo, pero le exigirá que le entregue el rubí o su valor equivalente, más una indemnización.

Quiere que la asesore en la negociación.

—¿Y qué opina al respecto su tío Irat?

—No le pregunté. Ella parece tenerle miedo.

—Y tú tienes la esperanza de quedarte con el rubí y con Soraya, ¿verdad?

—Desde luego que me gustaría quedarme con ambas cosas, con ella y con el rubí.

—Para un comerciante de piedras preciosas eso sería lo máximo, Frank. ¿No es así?

—¿Quiere que ponga cara de muchacho inocente y compungido y que le diga que no, inspector?

Aunque no lo crea, seguir ese rubí y negociarlo, es parte de mi trabajo.

—¿Y conquistar a la muchacha?

—También. Eso requiere ciertas habilidades, que afortunadamente poseo.

—Mejor será que te quedes con la cara de hipócrita que tienes, Frank. Pero cuídate. Es posible que hayas estado en el lugar menos adecuado y en el tiempo menos indicado. Y hay un crimen de por medio.

Te será difícil explicar a un juez, qué hacías ese día en el mismo salón donde desapareció un rubí de 50 millones de euros.

—Buscaba ver ese rubí.

—Precisamente.

## Un líder árabe llamado Giulio

El comisario Pierre Lindt se reunió con Pablo y Robert.

—Perdonen que los haya dejado solos, amigos, pero es que ayer hubo un incendio en el piso 9 del hotel. Además, me llamaron del alto gobierno. Están preocupados por lo sucedido al imán Moad.

El imán era un personaje muy apreciado por nuestros funcionarios, porque les servía de enlace con los grupos pacíficos de musulmanes de Europa y del norte de África.

Clayton le preguntó:

—¿Tienes alguna idea, Pierre, sobre quiénes fueron los autores de ese crimen?

—Lamentablemente, en estos momentos la república francesa y el mundo entero están abarrotados de bandas de criminales y ladrones que ante el público aparentan ser organizaciones políticas que luchan por el bienestar de sus pueblos.

Morles lo interrumpió, impaciente:

—¡Ve al grano, Pierre, por favor! ¿Quiénes fueron?

—No lo sé, Pablo. Si lo supiera, te lo habría dicho.

La inteligencia francesa sospecha de un pequeño grupo de origen beduino, que se refugió hace poco en la región de Languedoc, denominado Renacer Lawata, al cual se le atribuyen muchos delitos.

—¿Quién lo dirige?

—Un fanático religioso de unos 55 a 60 años, y que ha reclutado a varios jóvenes, en su mayor parte de la extrema izquierda política y de la extrema derecha religiosa.

—¿Saben cómo se llama ese hombre?

—Giulio.

—¿Giulio? ¿Giulio qué?

No es un nombre árabe. ¡Más italiano, imposible!

—Se llama o se hace llamar Giulio. Los órganos de inteligencia militar del Estado desconocen el apellido. Lo más probable es que ese nombre sea falso.

—Si no conocen ni su nombre ni su apellido... ¿cómo pueden afirmar que es muy rico?

—Tendré que preguntárselo a ellos. La verdad es que no pensé en eso, Pablo.

Como sabes, esos organismos no sueltan prendas, y si llegan a dárnoslas, serán vagas, incompletas o ambiguas.

No les gusta que les roben el protagonismo. Si el caso sale bien, es mérito total de ellos; pero si sale mal, fue por nuestra exclusiva culpa.

—Eso funciona así en todas partes del planeta, amigo.

¿Tienes al menos las huellas dactilares de ese hombre, o una fotografía?

—Hay una vieja foto en la cual aparece en una reunión, pero solo se le ven los ojos.

—¡Eso ya es algo, Pierre!

Hoy disponemos de instrumentos que nos permiten obtener importantes informaciones a través del examen de los ojos.

Hasta es posible extraer imágenes grabadas en la retina.

—Sí. Lo sé, pero dudo que podamos extraer algo de esa foto: no es nítida.

—¿En la imagen está Giulio de pie o sentado?

—La imagen es de un grupo de hombres y mujeres parados, posando frente a la cámara.

—¿Aparece en ella algún objeto que pueda servir de referencia para determinar la altura de ese hombre?

—Sí. Uno de sus acompañantes sostiene un fusil ametrallador soviético.

Comparando el largo de ese fusil con el de la figura del líder, podemos deducir que su altura es de aproximadamente 1,80 metros.

—Bien. ¿Cuándo fue tomada esa foto?

—Hace unos 15 o 17 años, por lo menos.

—¿Pudieron identificar a alguna otra persona del grupo?

—En la imagen aparece niña de unos 6 años, de mirada traviesa y retadora, agarrándole la mano. Quien reconoció a Giulio en esa foto, afirmó que era una sobrina del jefe, muy querida por este.

—¿Podríamos hablar con la persona que reconoció a Giulio?

—Fue asesinado por otro grupo. Era un antiguo seguidor de Giulio.

—¿Qué pasó con la niña?

—Según los organismos de inteligencia, murió poco después de la foto, durante un ataque nocturno de nuestro ejército a su campamento.

Giulio juró vengarla.

—Consígueme esa imagen, amigo. Haremos que la analice el Ala Móvil, el cuerpo de expertos de mi departamento. Son buenos en eso.

—Te la reenviaré en menos de un minuto. La tengo en mi archivo electrónico.

## Elis, el jefe de seguridad

Elis Ramos era un hombre de baja estatura, de facciones angulosas y color grisáceo, con pequeños bigotes rectos, y de huidiza mirada.

De no ser porque su traje beige no tenía insignias que indicaran su rango, cualquiera habría pensado que se trataba de un militar.

Cuando Morles lo abordó para interrogarlo, Elis lo miró con indignación y temor, y le dijo:

—¿Va interrogarme? ¿No sabe que soy el jefe de seguridad de Farid, su hombre de confianza? Soy yo quien podría interrogarlo a usted.

Ha estado husmeando por todo el hotel, sembrando dudas sobre mi eficiencia y honestidad.

—No te molestes por eso, Elis. Mi método de trabajo es desconfiar de todos, hasta de mí mismo.

—¿Qué quiere saber?

—¿Qué hacías la tarde de ayer en la suite 2, la de Soraya Keled?

—¿Cómo se enteró usted de eso?

—Tengo la mala costumbre de revisar constantemente las cámaras de seguridad. Son testigos imparciales y, por lo general, no mienten.

Entraste disfrazado de empleado de limpieza del hotel, pero el traje no era de tu talla y tu rostro es inconfundible.

—Buscaba el rubí.

—O sea que piensas que la misma Soraya fue quien lo hurtó.

—No encuentro otra explicación.

¡Lo robaron en mis narices y yo era el encargado de su custodia!

Eso me hace parecer, ante todos, como un cómplice o un ineficiente jefe de seguridad.

Si Farid no me ha despedido es solo porque está esperando los resultados de la investigación policial.

Ahora Farid no confía en mí, por eso lo llamó a usted.

—A mí no me llamó Farid, sino el comisario Pierre Lindt, de la policía nacional francesa.

—Es lo mismo, inspector. Todos saben que Lindt es amigo de Farid.

—¿Por qué sospechas de Soraya?

—Vi todos los pasos de la entrega de la dote, desde muy corta distancia y me consta que fue la última persona que tocó el cofre. Solo ella pudo hacerlo desaparecer o transformar.

—¿Cómo te consta?

—Desde mi posición, pude ver claramente el rubí dentro del cofre cuando ella lo abrió.

—¿No sería un pedrusco lo que viste?

—No. Era el rubí. Pude apreciar sus reflejos rojos. El pedrusco apareció luego en el mismo cofre.

—¿Entonces viste dos piedras diferentes?

—No. Vi una sola, que primero era roja y luego se transformó en una sucia y vulgar piedra.

Como no creo que eso haya sido obra de unos espíritus malignos, y Soraya fue la última persona que tocó el cofre, me pareció lógico entrar a su suite, para ver si encontraba allí alguna evidencia de la forma como lo hizo.

—¿Cómo sabías que Soraya no estaba en ese momento en su suite?

—Usted no es el único que revisa las cámaras de seguridad.

La vi arreglarse y salir al pasillo, poco después de las 3:25 p.m.

Supuse que no retornaría pronto, que iría a un encuentro, posiblemente con Farid, pues estaba muy bien vestida y maquillada.

—¿Se notaba triste o compungida?

—No. Lucía normal. Yo diría que más bien alegre.

—¿Estás completamente seguro de que el Seno de Soraya se encontraba dentro del cofre, cuando Farid lo entregó a Soraya, Elis?

—La verdad es que no sé, inspector, vigilaba la puerta de la suite, por si alguien intentaba entrar. Ese rubí valía mucho dinero. Lo que no sabía era que el ladrón era uno de los invitados.

—¿Qué encontraste o descubriste en la suite de Soraya?

—Nada. No tuve tiempo de averiguar.

A los pocos minutos, oí a alguien que intentaba abrir la cerradura.

Pensé que era Soraya y me escondí en un clóset.

—¿Quién era?

—Esa vieja loca, Joanna, la encargada de protocolo.

—¿Qué hizo?

—Lo mismo que yo. Buscó por varios lados.

Cuando entró a revisar el baño, me escurrí hasta la puerta y salí.

Lo más probable es que se haya dado cuenta de que había habido alguien más que ella en la habitación, porque la luz del pasillo tuvo que haber iluminado por pocos segundos el área de recepción de la suite.

Bajé por las escaleras al piso inferior, y subí de nuevo al 9.

Mi intención era tocar la puerta de la suite 2, como si estuviera llegando por primera vez para hablar con Soraya.

Pero cuando se abrió el ascensor en la planta superior, Joanna ya estaba en el hall de ascensores, y entró despeinada, muy pálida, nerviosa y sudorosa.

La saludé normalmente y le pregunté qué hacía.

Me respondió que había ido a visitar a Soraya, para ver si se le ofrecía algo, pero que como nadie le había abierto la puerta, pensó que estaría dormida y se retiró.

—¿Llevaba Joanna cartera u otro objeto en las manos?

—No, solo unas llaves. Le dije que después de investigar algo en el piso 7, me dirigía al lobby, que ella marcó el botón del ascensor antes que yo, por lo que este en lugar de bajar había subido al piso 9.

Se disculpó y ambos nos deseamos una feliz noche.

—¿Quién contrató a Joanna como encargada del protocolo?

—Nadie. Era la amante de Akram y cuando él murió ella se autoproclamó jefa de protocolo del grupo. Pero perdió el juicio. Está loca de atar.

—Y a ti, ¿quién te contrató?

—Daur, el secretario de Farid. Maneja todo lo relativo al personal. Es el poder detrás del poder.

Joanna trató infructuosamente de que Akram lo despidiera.

Ahora es Soraya quien intenta desplazarlo, pero Farid lo respeta y teme. Su poder dentro del grupo, lejos de disminuir con el paso de los años, ha aumentado.

—Es posible que te llame para aclarar otros puntos, Elis.

—Estoy completamente a sus órdenes, inspector.

# La señora Joanna

Joanna era una señora de unos 65 años de edad, muy elegante y refinada. Tenía el pelo totalmente gris, usaba lentes con finas monturas de marca, y vestía trajes evidentemente diseñados por modistos de muy buen gusto.

Hablaba varios idiomas, y según ella, su misión era asesorar a Farid en todo lo relacionado con sus encuentros sociales, culturales y empresariales.

Era conocida y respetada por su gran cultura, y por la forma autoritaria como trataba a todo el personal subalterno, y al mismo Farid.

Se consideraba una persona de alto nivel encargada de enseñar, aleccionar y reprimir al resto de la humanidad.

En el grupo se decía que había sido el amoroso consuelo de Akram, después que enviudó de la madre de Farid.

Pablo acudió a la habitación de Joanna.

—Buenos días, señora Joanna.

—Por favor, acostúmbrese a referirse a mi persona anteponiendo a mi nombre la palabra "señorita", que es la expresión adecuada a mi estado civil.

El hecho de tener canas, no quiere decir que sea casada.

¿Podría saber quién es usted, señor?

—Soy Pablo Morles, señorita. Fui designado asesor de la policía nacional francesa.

—¡Ah, comprendo! No se puede exigir mucha cultura a los funcionarios policiales. Su obligado trato con malandros y rufianes los convierte en personas toscas y ordinarias, similares a los que dicen combatir.

¿Para qué vino a mi oficina?

—Esto no es una oficina, sino una simple habitación de hotel. Estoy investigando lo que ocurrió al Seno de Soraya, señorita.

—Esa expresión tan vulgar y fea no debería formar parte de su vocabulario, señor, aunque usted sea policía.

Le sugiero emplear más bien el vocablo "rubí".

—Sí, a esa piedra me refiero. ¿La vio usted dentro del cofre, cuando Farid lo entregó a su prometida?

—Sí, pero desde lejos. Apenas pude ver algo rojo. Estaba ocupada imponiendo disciplina a los asistentes. Una celebración, por muy alegre e importante que sea, no es excusa suficiente para que haya desorden.

Esa "piedra", como la llama, vale más dinero del que usted y sus ascendientes y descendientes hasta la última de sus futuras generaciones de asalariados, han visto y verán en todas sus vidas, policía.

En mi familia, en cambio, hemos visto y veremos diamantes, esmeraldas y rubíes a granel.

—Mire, Joanna. Si no quiere que la acuse de haber robado esa gema, y que la lleve ahora mismo a prisión, deje de insultarme.

Estoy averiguando no solo la desaparición de esa piedra, sino también la muerte del imán Moad, a quien probablemente usted conoció.

—Sí, lo conocí.

Fue un buen hombre. Era nuestro amigo.

Él y yo logramos hacer de Akram un próspero empresario, muy distinto de ese petulante, derrochador y mujeriego jovencito que lo sucedió.

—La felicito. Ahora respóndame ¿qué hacía ayer en la tarde en la suite de Soraya Keled?

—Fui a visitarla.

Es parte de mis funciones como encargada del protocolo de...

—¿Es parte de sus atribuciones entrar sin permiso en la habitación de un huésped?

Tenía entendido que el protocolo exige tocar antes de entrar...

—¡Toqué, pero ella no estaba!

—¿Y por eso, como una vulgar ladrona usted abrió la puerta de la prometida, utilizando una llave maestra?

—Solo quise saber si ella guardaba el rubí allí.

Pensé que mi posición en la familia Akram mejoraría si lograba descubrir al ladrón antes que los ineficientes policías...

En lugar de estar interrogándome usted debería ocuparse de ese palo de escoba con peluca azul, la secretaria de Frank Polter, a quien he visto revisar todos los rincones del hotel.

—¿Y quién le dio permiso para entrar en la suite de Soraya?

—El jefe se seguridad, el señor Elis Ramos.

—¿Quiere que llame a Elis para verificar lo que acaba de afirmar? Él declaró todo lo contrario: que usted ingresó ilegalmente a esa suite sin permiso de Soraya.

—Un error lo comete cualquiera. Las personas de mi edad, somos propensas a equivocarnos con mayor frecuencia que las más jóvenes.

Mis altas funciones me obligan a prestar prioritaria atención a las cosas importantes, y no a tonterías como la que usted maliciosamente me atribuye.

—Sí, pero ese error la hace a usted sospechosa del hurto del rubí, y posiblemente del asesinato del imán Moad.

—Soy suficiente culta e instruida, policía, para saber que no estoy obligada a declarar sin la asistencia de un profesional del Derecho.

Le exijo retirarse de inmediato de mi oficina.

## Sue, la grácil secretaria de Polter

Cuando Morles se encontró con Sue, tuvo que reconocer que era una muchacha extraña, pero muy agradable. Era flaca, quizás demasiado, aunque su simpatía opacaba cualquier deficiencia corporal.

Usaba una cortísima y vaporosa minifalda que hacía que sus delgadas piernas, envueltas en medias con franjas horizontales, lucieran más largas y aumentarán su infantil aspecto.

Sin embargo, no estaba exenta de sensualidad: un estrecho y ajustado suéter hacía lucir como dos duraznos a sus pequeños y redondos pechos; y su boca, casi redonda, tenía el aspecto de una provocativa fresa.

Pero lo más llamativo de ella era su cabellera, muy corta, y de un intenso color azul, el mismo de sus ojos.

Hablaba muy rápidamente, como una niña emocionada, mientras observaba a su interlocutor deleitada, casi en éxtasis, con una sonrisa que mostraba sus perfectos dientes blancos, y con la cabeza de lado, como si en ese momento nadie más existiera para ella en el universo.

Declaró a Morles que no había visto el rubí en el momento de la entrega.

Pero que eso nada quería decir, porque era miope, y no le gustaba usar sus grandes lentes en los eventos sociales, para evitar que Frank se burlara de ella.

Después de entrevistarla, Pablo comentó con su esposa, Magda:

—Esa mujer puede tener la edad que ella quiera, entre los 14 y los 25 años.

Igual puede ser una tierna e inocente adolescente que una seductora y experimentada mujer. ¿Cuál será su papel en este caso?

¿Cómo es que una mujer así puede trabajar para un *playboy* como Frank Polter?

Magda le respondió:

—¡Es una carnada, Pablo! Es la llave que abre las puertas a su jefe.

Sue es la sardinita que atraerá al pez grande.

Hay hombres que no resisten la atracción de una jovencita de aspecto inocente e infantil.

Las mujeres, incluso las más serias, conocemos y utilizamos esos trucos, para hacernos niñas y conseguir nuestros objetivos.

Más de una vez te he hecho caer en esa trampa, querido.

Pablo le respondió:

—Tiene lógica lo que dices. Pero, ¿a quién trata Polter de pescar con esa atractiva y colorida carnada?

—Tiene que ser a un pez grande, Pablo. Si no, el pescador pierde la carnada.

—¿Quién es ese pez grande, Magda?

—Uno capaz de regalar a su novia un rubí de más de 50 millones de euros.

—Pero Farid no solo tiene a una mujer loca por él, sino a dos, y sabe Dios a cuántas más; y todas bellísimas, con impresionantes cuerpos.

Su problema no es encontrar una novia, sino decidir con cuál de ellas se quedará.

—¿Cuántas novias tiene Farid que tengan cabellera y ojos totalmente azules?

¿Cuántas que puedan al mismo tiempo ser tiernas adolescentes y maduras?

¿Cuántas que puedan adaptarse, como un aceite multigrado a sus temperaturas? ¡Esa mujer es un peligro, Pablo! ¡No te confíes! ¡Cuídate de ella! ¡Tratará de enroscarse a ti, para que le reveles los secretos que descubras! ¡Esos duraznos, aunque pequeños, pueden atragantarte! ¡Mañana mismo me compraré una peluca azul, para que te fijes en mí!

—No te preocupes, mi amor. Deja los celos. El dulce de duraznos no es mi preferido; y yo ya tengo una esposa multigrado, que se adapta a todos mis deseos.

—Esa mujer está buscando esa gema, Pablo. De encontrarla, se la llevará, si es que ya no se la ha apropiado.

Aunque duerman en habitaciones separadas, ella y Frank Polter son pareja y están trabajando coordinadamente, en llave, con el mismo objetivo: apoderarse del Seno de Soraya.

Polter es el único de los de la lista que podría sacarle provecho a ese gran rubí.

¿Quién, si no él, podría comercializarlo, nacional o internacionalmente? Como comerciante de piedras preciosas, posee todos los contactos para sacarlo de Francia y venderlo, entero o en fracciones.

Si ese fantástico rubí lo tiene una mujer, entrará en acción el *playboy*; y si lo tiene un hombre, quien actuará será la *playgirl*.

Si ella logra, se quitará la peluca y dejará a ese imbécil de Polter, quien cree que puede manipularla a su voluntad.

—Ja, ja, querida. Ni siquiera los has visto, y ya los odias.

—Al igual que tú, Pablo, yo a distancia huelo el peligro…

## La entrevista con la prometida

Acompañada por su tío, Soraya llegó al salón que la gerencia del hotel puso a disposición de Robert y Pablo para realizar las investigaciones.

A los pocos minutos se acercó Cinta llevándole unas bebidas.

Pablo recordó lo que Blanka le había dicho sobre ella y sonrió.

Soraya miró a Morles con cierta extrañeza, pero luego pensó que solo era alguien parecido al empleado que había entrado a la suite 3 con una manguera en la mano.

La penumbra, el agua y el polvo químico no le habían permitido ver nítidamente el rostro del hombre que había ayudado a Frank a apagar el supuesto incendio.

El comisario Lindt pidió a Irat, el tío de la prometida que aguardase afuera, pues ella debía declarar sola.

Los dos insistieron en declarar juntos, y Lindt se negó a ello, porque las normas no lo permitían.

Cinta también quiso entrar, por si algo se le ofrecía a la prometida, y recibió igual respuesta.

Pablo hizo una seña a Clayton, y este se quedó fuera del salón para acompañar a Irat, mientras Lindt interrogara a Soraya.

Antes de iniciar el interrogatorio, Lindt preguntó a la dama si quería estar asistida por un abogado y si necesitaba de un intérprete que hablase el turco.

Ella respondió que no necesitaba de abogado ya que toda su vida se había defendido sola.

Respecto al traductor, manifestó que tampoco lo requería, porque no entendía el turco, y que prefería el francés o el birmano. Lindt le preguntó:

—Por favor, ciudadana, dígame sus nombres y apellidos.

La mujer respondió:

—Soy Soraya... Soraya, de la estirpe de Keled.

—Indíquenos su nacionalidad, lugar de nacimiento y edad.

—Nací en Damasco, hace 27 años y 2 meses y soy de nacionalidad turca.

Pensé que el hotel estaba averiguando el extraño incendio que hubo en mi suite.

No debería suceder algo así en un hotel de esta categoría.

—No es por eso que está aquí, señora.

Está siendo interrogada para que rinda declaración, como testigo.

Queremos que nos informe sobre la desaparición de una piedra preciosa dotal y sobre la muerte de una persona.

—¡Ah! ¿Es eso? ¿Ya encontraron mi rubí? ¡Entréguenmelo! ¿Dónde está? ¿Quién lo tenía? ¿No podían llevármelo a mi suite?

—Lo que en primer lugar quiero saber es si usted vio el rubí en el cofre.

—Durante la exhibición, yo no lo vi, porque me está prohibido; pero mi tío Irat me informó después del escándalo que él si lo vio.

—¿Lo vio usted cuando abrió el cofre, después de cortar las cintas y romper los sellos?

—Sí. Pero solo durante fracciones de segundos, justo en el momento en que se transformaba en una piedra ordinaria.

—¿Cómo es eso?

—Bueno, al principio vi sus reflejos rojos, pero después ante mis ojos lo único que pude observar fue un sucio guijarro.

—¿Entonces usted también cree que un espíritu diabólico transformó el rubí en una sucia piedra?

—No, comisario, yo no creo en espíritus, ni buenos ni malos.

—¿Tiene alguna idea de lo que pasó al rubí?

—No, señor. Al principio pensé que era una pesada broma, después que era una burla de Farid.

—Y ahora, ¿qué piensa?

—Que me robaron mi rubí.

—¿Quién? ¿Cuándo?

—El rubí estuvo expuesto antes y todos lo admiraron. Hasta mi tío Irat. Él me dijo que era muy grande y hermoso, que no tenía dudas de que fuera el famoso Seno de Thiri, rebautizado por Farid como el Seno de Soraya en mi honor.

—Pero eso no fue lo que recibió, ¿cierto?

—En lugar de esa bellísima gema, lo que mi prometido me entregó fue una fea piedra, sin valor económico.

—¿Quién cree usted que le robó el rubí?

—No creo que haya sido Farid, porque estoy convencida de que él prefiere casarse conmigo que con su prima. Hasta le puso mi nombre a esa gema.

Además, me consta que Farid no llegó a tocar ese rubí. La dote que me ofreció se fue transformando sola, sin su intervención, mientras él amablemente sostenía el cofre para que yo lo abriera y tomara la gema.

En ese momento, yo estaba más interesada en sus ojos que en la piedra que me estaba entregando.

Recuerdo que me impresionó su mirada, llena de dulzura.

Estábamos haciendo realidad, por fin, la voluntad de nuestros padres, veinte años después de nuestro compromiso.

Farid era mío mucho antes de esa ceremonia, en virtud del acuerdo que suscribieron nuestros padres.

Ahora pienso que los dos fuimos víctimas de una maquinación diabólica.

Soy la dueña de sus pensamientos y deseos: las mujeres sabemos cuándo hemos logrado conquistar a un hombre.

Pero él también me conquistó.

Desde que me vio por primera vez, Farid no cesa de enviarme costosos regalos.

Él mismo insistió en adelantar los trámites para la ceremonia; lo que disgustó mucho a esa tonta y celosa.

—Perdone que la interrumpa. Soraya, pero ¿podría decirme, a quién se refiere usted cuando habla de "esa tonta y celosa"?

—Me refiero a Blanka. ¿A quién más?

Frente a los otros, es la inocente y cariñosa primita de Farid, incapaz de romper un plato.

Pero cuando ella y yo estamos a solas, se muestra como una peligrosa rival, una serpiente que utiliza su cuerpo y todo su veneno e influencias para despojarme de mi hombre y de mi dote.

Además, esa mujer se permite muchas libertadas con mi prometido.

—¿Cómo cuáles?

—No se haga el tonto, comisario: cuando ustedes llegaron a la suite del hotel, ¿dónde se encontraba Blanka?

—Con sus amigas, sentada en el centro de la suite.

—Veo que usted también está parcializado. No mienta.

Ella no estaba sentada, sino acostada sobre la pierna de mi prometido, provocándolo, acariciándolo lascivamente...

¿No la vio? ¿Es esa la actitud de una vestal?

—No estoy parcializado, señora. Simplemente quiero que me diga si usted sospecha de alguien.

—Sospecho de todos los que estuvieron allí.

Tuvo que haber sido uno de ellos o de ellas, porque el Seno permaneció a la vista de los asistentes durante varios minutos.

Todos lo vieron y admiraron, incluido mi tío Irat, que sabe de gemas.

Supuestamente nadie lo tocó, pero en lugar del fantástico Seno de Soraya, yo recibí como dote una piedra, un guijarro.

El autor de ese truco logró engañar hasta a mi tío, quien estaba pendiente del más mínimo detalle. Ignoro quién y cómo lo hizo. Son ustedes, los policías, quienes deben averiguar qué pasó con mi gema y arrestar al culpable. Para eso les pagan.

No obstante, en lugar de arrestar a esa zorra de Blanka, está interrogándome como si yo fuera una ladrona.

¿Es que acaso cree que yo me robé mi propio rubí? ¿Para qué robarlo, si pocos segundos después sería mío?

¡Soy la única prometida oficial del señor Farid Akram!

En Turquía me tratan como a una reina.

El comisario Pierre Lindt era un hombre de malas pulgas y le respondió, molesto por el tono despectivo utilizado por Soraya:

—No sé ni me importa su posición social, ni el tratamiento que le dan en su país; pero en el mío, señora, que es donde usted se encuentra, el apropiado para cualquier persona es el de ciudadano o ciudadana.

Soraya se dirigió a Lindt, enojada:

—¿Por qué tantas declaraciones?

Yo soy la víctima del hurto de esa prenda. Todos saben que era mía y que me la cambiaron por una sucia piedra sin valor. Y no me llame señora, soy doncella certificada. En mi tribu llamar de esa manera a una virgen es un insulto.

—¿Tiene usted la nacionalidad turca por nacimiento?

—Sí.

—¿En qué ciudad o lugar de Turquía nació?

—¿No lo leyó en mi pasaporte?

—En ese documento aparece que usted nació en Ankara, Turquía, y acaba de afirmar que nació en la ciudad de Damasco, la cual, tengo entendido, es la capital de Siria.

—Me equivoqué. Estoy nerviosa. Usted es agresivo e irrespetuoso.

El comisario Lindt cambió de táctica:

—Habla usted bastante bien el idioma francés, ¿dónde lo aprendió?

—Me lo enseñó mi abuelo, en Mauritania, cuando era niña.

—¿Cómo se mantuvo usted tanto tiempo en Turquía? ¿De qué vivía?

—Era y soy vestal.

Las mujeres que elegimos esa vida pura, mística y espiritual tenemos el derecho de ser mantenidas por nuestros familiares y por otros hermanos de religión.

Ese derecho nos corresponde hasta que nos casemos, muramos o perdamos nuestra pureza.

Además, mi tío Irat es comerciante y siempre me ha ayudado con el pago de mis obligaciones económicas. Él ha sido como un padre para mí.

—Usted vino hace 6 meses a París y desde entonces se hospeda en un hotel de lujo. ¿Quién le paga los gastos de estadía? ¿Su tío?

—No. Según el acuerdo prematrimonial todos esos gastos debían ser pagados por mi prometido.

Así lo ha hecho hasta ahora y no dudo de que lo seguirá haciendo, pues es un caballero.

# Pablo, comprensivo y diplomático

Soraya estaba cada vez más incómoda y molesta.

Lindt entregó a Morles copia del pasaporte de Soraya. Como temía que Soraya se levantara y dejara de seguir declarando, pidió permiso para ir a hacer unas llamadas, y encomendó a Pablo continuar en su lugar con las preguntas, ya que tenía mejor carácter.

Pablo se presentó cortésmente y ocupó el lugar de Lindt:

—Mucho gusto, Soraya. Soy Pablo Morles, asesor de Interpol. Encantado de conocerla. ¿Vino usted directamente a Francia desde Turquía? ¿Cómo estuvo el viaje?

—Muy bien, muchas gracias. Sí, vine en un vuelo directo desde el aeropuerto internacional de Esenboga, en Ankara.

No me gusta hacer escalas.

—A mí tampoco. Observé que su pasaporte no tiene sello alguno de ingreso ni de salida de Turquía.

—Nadie me lo selló.

Así como hace mucho tiempo entré a Turquía, huyendo de la persecución de quienes asesinaron a mis padres en Damasco, salí también del país turco.

—En todos los países es así. Siempre hay funcionarios que se niegan u olvidan estampar los sellos. Pero, perdone mi curiosidad: ¿cómo le dieron pasaporte turco si usted nació en Damasco?

—Porque tenía derecho a ello: desde que era una niña he residido permanentemente en Turquía. Mi abuelo declaró que yo había nacido en Ankara, y le creyeron.

Claro, tuvo que darle una buena propina al funcionario turco.

—Eso es absolutamente normal, aunque ilegal; pero ese no es nuestro problema, sino el de los turcos. ¡Allá ellos!

¿Quiere tomar una taza de café?

Soraya sonrió por primera vez desde que ingresó al salón.

—Sí. Muchas gracias. Usted sí sabe tratar a una dama, inspector. No es como ese repelente comisario.

—Estamos para servirle.

Pablo le sirvió personalmente el café y hasta le dio azúcar dietético.

—¿Podría decirme los nombres de sus padres?

—Mi padre se llamaba Keled y mi madre, Tyya.

Nunca me enteré de los nombres de mis abuelos, todos habían muerto cuando nací.

Era pequeña cuando asesinaron a mis padres y al resto de mi familia.

Solo logramos escapar mi tío Irat, y yo.

—¿Cómo hizo para comprobarle al imán Moad que usted era realmente la hija de Keled?

—Mi tío entregó al imán toda la información al respecto.

La mujer comenzó a balbucear y a sudar, y parecía no encontrar una posición en la poltrona que le resultara confortable.

—Eso fue hace mucho tiempo y no lo recuerdo exactamente.

No obstante, ese asunto es estrictamente religioso y, por tanto, las autoridades francesas no tienen competencia para decidir sobre esa materia.

—¿Quién tiene esos documentos?

—La prueba de la identidad en nuestra tribu no es con documentos, como en el llamado "mundo civilizado", donde dan mayor credibilidad a un papel que a las palabras de las personas.

Para nosotros, un juramento es más que suficiente y quien dude de que uno ha dicho la verdad, tiene que probarlo.

—Pero para obtener el pasaporte turco, me imagino que sí tuvo que presentar algunos documentos a las autoridades civiles.

—Sí. Es cierto.

Los turcos se quedaron con ellos.

—¿Cuándo ocurrió la matanza de sus familiares?

—Hace 20 años, en Damasco.

Allí quedaron enterrados mis padres, mis primos, y todos los demás hombres y mujeres de mi estirpe.

Éramos más de 50 de la tribu de Keled.

Solo sobrevivimos mi tío Irat y yo.

—Lo siento. ¿Quién enterró a los de su tribu?

—Los demás.

—¿No murieron todos? ¿A quiénes alude con "los demás"?

—Me refiero a sus asesinos.

—¿Los mismos tuaregs que asesinaron a los kelenitas fueron quienes los enterraron, a pesar de que eran sus enemigos?

—Eso fue lo que sucedió, aunque usted no lo crea.

—¿Cómo escaparon usted y su tío?

—Por el túnel de una vieja mina abandonada.

—¿De qué era la mina?

—No sé, supongo que de oro.

—¿Cuándo se enteró usted de que estaba prometida en matrimonio con Farid, el hijo de Akram?

—Lo supe desde que tuve uso de razón. Mis padres me guardaron, educaron y prepararon para cumplir ese compromiso.

—¿Quién se encargó de realizar los trámites ante el imán Moad para que fuera consagrada como vestal?

—Mi madre. Esa es la costumbre. Las vestales, antes y después de ser consagradas, quedamos bajo el cuidado de nuestras madres.

Tenemos que convivir día y noche con ellas, pues son las encargadas de velar para conservar nuestra pureza hasta el matrimonio.

El padre, en nuestra tribu, no se encarga de eso.

—Pero tanto Keled como su madre, Tyya, murieron en la matanza de Damasco.

—Yo tenía un abuelo en Mauritania, el mismo que me dio clases de francés.

—Su abuelo debe haberle dado clases de francés desde ultratumba, pues declaró que todos habían muerto antes que usted naciera.

No creo que quienes fueron hasta Damasco para exterminar a su tribu, hayan tenido la gentileza de enterrarlos.

Además, en esa zona lo que se acostumbra es a quemarlos en grandes piras funerarias, no a enterrarlos.

—Esos razonamientos pueden ser válidos para su cultura, inspector. No para la mía.

# Copiosas lágrimas

Pablo le respondió:

—Siento informarle, Soraya, que en este momento la desaparición del rubí de Farid no es nuestra prioridad.

Y creo que a usted tampoco debería interesarle ese rubí, porque según lo que me explicó Moad, jamás podría ser suyo, ya que se enteró de que era el objeto de la dote; y de acuerdo con las normas de su estirpe, la prometida no puede saber en qué consistirá el ofrecimiento de su prometido.

De modo que según esas normas el único derecho que tenía usted era el de aceptar o rechazar el pedrusco o guijarro. Pero al devolverlo, ya lo rechazó y ningún derecho adquirió sobre la piedra que le fue ofrecida.

Si el rubí aparece, no podría ser nuevamente el objeto de su dote.

Además, estamos investigando algo mucho más grave e importante que su presunta doncellez y que el hurto de ese rubí: un vil atentado terrorista, el del imán Moad.

Y en este momento, amiga, usted es una de las sospechosas de haber ordenado ese crimen, ya que en sus declaraciones ha incurrido en muchas contradicciones y falsedades.

Claro, no es la única sospechosa, aunque no puede negar que el crimen del imán Moad está relacionado con usted y con su supuesto compromiso matrimonial.

La mujer replicó colérica:

—¿Califica de "presunta" mi virginidad? ¿Y de "supuesto" mi compromiso matrimonial?

¿Quién es usted, señor, para insultarme de ese modo? ¿Acaso su palabra vale más que la de nuestro imán?

¡Usted está sembrando una duda que podría afectar la validez de mi compromiso matrimonial y, por tanto, mis legítimos derechos sobre la gema!

Ese rubí me lo entregó mi prometido en la ceremonia de la dote, y es mío. ¡De nadie más!

¡Lo denunciaré por discriminación racial y religiosa! ¡Y por hurtar mi dote! ¡Las leyes de Francia me protegen!

Sin inmutarse, Pablo le respondió con una voz tan normal que Soraya bajó el volumen de sus gritos:

—Solo estoy cumpliendo con mi deber, Soraya.

Permítame formularle una sola pregunta más sobre las costumbres de su pueblo.

Le aseguro que será la última que hoy le haré.

Si me la contesta, daré por terminado este interrogatorio.

—¿Cuál es?

—De acuerdo con la cultura de su tribu, Soraya, ¿puede una vestal, antes de su matrimonio, dormir con su novio u otro hombre bajo el mismo techo?

—¡No! ¡Jamás! Eso sería un pecado muy grave.

Una vez consagradas como vestales, no podemos habitar bajo el mismo techo con ningún hombre, ni siquiera con nuestro prometido ni alguno de sus familiares, aunque estos sean cercanos.

—¡Pero tú dormiste en el mismo lecho y bajo el mismo techo con Frank Polter!

La mujer miró asombrada a Pablo. La sorpresa hizo que le temblara la boca.

Al principio trató de decir algo, pero no le salieron de inmediato las palabras.

Después repitió:

—¿Quiénes son ustedes para dudar de mi origen tribal y de la certificación de mi virginidad, expedida nada menos que por el santo imán Moad?

Pablo siguió provocándola, para que soltara más información.

—No sé, Soraya, lamentablemente no soy el encargado de certificar la virginidad de tan jóvenes y lindas vestales.

Propuse que me contrataran para eso, pero no me aceptaron porque me sobraba algo.

Sin embargo, me consta que Frank y tú estaban durmiendo ayer en la misma cama cuando se encendió la alarma de incendio:

¡Fui el héroe que anoche entró a la suite 3 para rescatarlos cuando se desató el incendio!

En mi opinión, aunque lamentablemente no es asunto de mi competencia, deberías actualizar esa certificación de virginidad.

Al oír eso, Soraya estalló en llanto:

—¿Cómo pueden levantarme esa horrible calumnia?

¿Quién les está pagando para que me humillen de esa manera?

¿Fue la despechada Blanka? ¿O Cinta, la espía que Daur designó para hacerme la vida imposible y para que desistiera de casarme con mi prometido? ¿O la loca Joanna, que le robó millones de dólares a su amante, el viejo Akram? ¿O fue esa muñeca de trapo, Sue, la que se hace pasar por secretaria de Frank, que no pierde ocasión para acercarse a Farid, y que lo tiene hipnotizado con sus faroles azules? ¿Crees que esas mujeres son más vírgenes que yo?

# El beso del sapo

No había forma detener el llanto de la hermosa Soraya. Su dolor resaltaba su extraordinaria belleza.

Sin saber qué había pasado, pues se encontraba en otra parte del hotel, el comisario Lindt regresó apurado al oír el alboroto y trató de apaciguar a Soraya, pues temió que sus superiores lo amonestaran o sancionaran por haber permitido a Morles interrogarla directamente.

Cuando Lindt se acercó a la mujer, para calmarla, recibió de Soraya una sonora bofetada.

La joven gritó al comisario:

—De nada les servirá lo que declaré o lo que ordenó que grabaran.

¡No he firmado, ni firmaré ningún acta!

Lo que ustedes tienen que hacer es buscar mi rubí y entregármelo, y no estar entrometiéndose en un acto religioso personalísimo, que solo nos atañe a Farid y a mí.

Además, no veo por qué tengo que soportar vejámenes de ese Morles, quien es un policía extranjero.

Luego, señalando a Pablo con el dedo, lo acusó:

—¡Es un depravado! Sin mi permiso se metió por la fuerza en mi habitación con intenciones de violarme.

No logró hacerlo, porque un amable vecino de cuarto, el señor Frank Polter oyó mis gritos y me protegió, llevándome a su suite.

Morles siempre mantuvo la calma y serenidad en la sala.

Aprovechó la interrupción para servirse una taza de café caliente.

Como si lo que estaba pasando, nada hubiese tenido que ver con lo que había dicho a Soraya, se sentó sobre una esquina del escritorio, saboreando y disfrutando la humeante bebida, y contemplando cómodamente la discusión.

Irat estaba afuera conversando con Robert, y al oír el escándalo y los gritos de su sobrina, se levantó e ingresó al lugar.

Una mujer policía que estaba en la puerta intentó impedirle el paso.

Sin decirle ni una palabra, Irat la golpeó en el pecho.

Sin embargo, la agente rápidamente lo dominó, porque era más joven y estaba mejor entrenada que él para una lucha cuerpo a cuerpo.

Robert, asombrado, preguntó a Morles:

—¿Qué fue lo que pasó, Pablo?

¿Soraya no quiso declarar?

—Sí declaró. Esa dulce mujer fue muy amable, colaboradora y cortés conmigo y con todos.

Respondió todas las preguntas que le hice.

Es una persona agradable, encantadora.

La verdad, Robert, es que no me explico qué le hizo Pierre a esa hermosura para que ella lo abofeteara.

—¿Soraya abofeteó a Pierre? ¿Por qué?

—Posiblemente Pierre intentó acariciarla. Ese francés debería ir a un psiquiatra, para que le enseñe a controlar sus deseos. Hay ejercicios mentales para eso, como…

—¿Crees que voy a tragarme ese cuento? Pierre es mi amigo desde hace más de 30 años y hoy es nada menos que el comisario general.

Confiesa, Pablo: ¿Qué locura hiciste esta vez?

—Ninguna. Solo formulé a la sensual prometida de Farid una ingenua pregunta de rutina…

—¿Cuál fue?

—Le pregunté que, si de acuerdo con las costumbres de su tribu, una doncella seguía siendo pura si besaba a un sapo.

Me contestó que no. Pero después enloqueció y atacó al pobre Pierre.

—No es momento de bromas, amigo.

Lo más probable es que la pobre mujer esté loca.

Cualquiera de su cultura, a la que le entreguen una dote, enloquecería si le cambian el rubí más grande, bello y valioso del mundo por una piedra ordinaria.

Soraya se preparó desde niña para un matrimonio de conveniencia, de acuerdo con las costumbres de su tribu, y su decepción y frustración tienen que haber sido horribles.

—¡Ya se le pasará, Robert! Una mujer tan cariñosa como ella, pronto perdonará a Lindt.

—Tienes razón. La verdad es que no sé qué aconsejar a Pierre, Pablo.

Lo veo preocupado por el extraño incidente que ocurrió aquí.

Por cierto, todavía no sé qué fue lo que sucedió, aunque tengo una ligera sospecha de quién es el culpable.

No debí dejarte entrevistar a Soraya.

—No te metas en asuntos internos de la policía francesa, Robert. Deja que sea Pierre quien le pida perdón y le resuelva ese lío.

Es su problema. El tiempo se agota y a nosotros nos faltan muchas cosas por averiguar.

Además, nuestras esposas se quejan de que no nos hemos ocupado de ellas, y dicen que se sienten como unas vestales beduinas, a pesar de estar nada menos que en París.

—Soraya parece estar calmándose.

—¿Qué información obtuviste del tío Irat, mientras yo la interrogaba, Robert?

—Irat me confirmó lo dicho por todos:

Me contó que el rubí estuvo en exhibición antes de que llegara Soraya; que él lo había admirado durante varios minutos, pues era bellísimo. Por su tamaño, color y forma, no tenía dudas de que se tratara del antes llamado Seno de Thiri.

Confirmó que, al terminar la exhibición del rubí, a la vista de los asistentes, y sin que nadie lo hubiese tocado, el cofre fue cerrado y lacrado por el imán.

Me contó que a los pocos minutos llegó su sobrina Soraya, y que Farid le entregó el cofre con el Seno adentro; que Soraya cortó las cintas y rompió los lacres. Dijo que vio el rubí reflejarse en los ojos de Soraya, iluminando su rostro.

Pero que cuando Soraya extendió su mano para retirar el rubí, este se transformó ante sus ojos en un feo pedrusco.

Es un hombre primitivo y también cree en espíritus, pero no quiere reconocerlo porque está detrás de la jugosa indemnización.

—Todo coincide, amigo, con lo declarado por los demás testigos presenciales.

—A pesar de su edad, Pablo, Irat es un hombre corpulento, y tiene unas manos enormes, llenas de callos. Se nota que ha realizado trabajos fuertes.

—Sí, le encantan las piedras, Robert. Especialmente, las preciosas. Pero una mujer policía lo dominó.

—¿Valió la pena ese escándalo, Morles?

—La entrevista fue divertida y provechosa, amigo. Soraya es una mujer que atrapa, provoca estar interrogándola por horas y horas.

Las piezas comienzan a encajar...

Después de más de media hora de discusiones y conversaciones, el comisario Lindt se acercó a Clayton y a Morles:

—Perdonen el bochornoso espectáculo, amigos. Créanme: esto nunca había sucedido; y menos en presencia de tan altos funcionarios de Interpol. No obstante, opino que Lo más prudente sería dejar las cosas como están, para evitar que este desagradable asunto trascienda al alto gobierno.

Robert contestó:

—No hay problema alguno de mi parte, Pierre. Lo que tú decidas estará bien.

Creo que Pablo opina lo mismo.

Pablo sonrió y expresó:

—Nada malo llegaron a hacernos Soraya y su tío. Son dos inocentes criaturas. Sería demasiado pedirles que se comportaran mejor.

El comisario dijo, aliviado:

—Gracias, amigos. Eso me tranquiliza. Ahora cuando espero retirarme, no me gustaría tener en mi expediente una denuncia por discriminación racial y religiosa.

Menos mal que tuve la precaución de dejar que Pablo continuara el interrogatorio.

Si la joven explotó con él, que es tan caballeroso y diplomático, ¿cómo habría reaccionado si yo hubiese seguido al frente del acto? Antes de irme para atender una llamada, tuve la oportunidad de oír la forma amable y educada con la que Pablo la trató, y sentí envidia profesional.

¡Con razón es tu amigo y asesor, Robert!

Robert miró a Morles y le dijo, riendo:

—Este viaje a París me ha dado muchas sorpresas, Pablo.

Prométeme que algún día me explicarás cómo diablos haces para quedar como un inocente y gentil caballero, después de haber formado un lío tan grande.

En el acta quedó constancia de que una vez que la dama se tranquilizó, la dejamos libre, junto con su tío, sin formularle cargos.

Ambos pidieron perdón por su injustificado comportamiento, el cual atribuyeron a una crisis nerviosa de la dama y a su poco conocimiento del idioma.

Morles exclamó, alegre:

—¡Me encantan los finales felices!

# Cinta

La hermosa Cinta se había mantenido en los pasillos del hotel, observando todo lo que pasaba. De vez en cuando llamaba a alguien por teléfono. Aunque estaba lejos, Morles notaba la emoción y las risas de la joven al narrar los hechos.

Físicamente Cinta difería mucho de Blanka y de sus amigas, pues tenía la delicada y típica apariencia de una bailarina asiática; aunque su piel era más morena y sus ojos y boca eran más grandes que los que distinguen a los chinos y japoneses.

—¿Cómo estás, Cinta? Soy el detective Pablo Morles, asesor especial del departamento de policía...

—Lo sé, inspector. La prima de Farid me dijo que ella habló con usted y que nada le ocultó.

—Solo quería que me dijeras unas cosas.

—Estoy a su disposición, señor Morles, la prometida Soraya acaba de despedirme. ¡No se imagina lo feliz que estoy!

—¿Y por qué aceptaste ese trabajo?

—Porque soy amiga de la persona que me pidió que aceptara ese empleo, y me paga bien.

—No pareces una mujer berebere.

—Soy hija de un berebere y de una tailandesa. Por lo visto, los genes de mi madre fueron los dominantes.

Nací en una región de Tailandia cercana a la frontera con Myanmar.

Soraya no lo sabe, pero entiendo todo lo que habla en privado con su tío. Discuten con frecuencia, pues él la regaña demasiado.

—¿Cuántos integrantes tiene la tribu de Farid?

—Muy pocos. No tienen sentido las privaciones y sacrificios de viajar a lomo de camello por el desierto, cuando se dispone de modernos medios de transporte y comunicación.

Casi todos los de nuestra estirpe se han acostumbrado a la cultura citadina y se han adaptado a las religiones y costumbres de las ciudades o regiones donde habitan. Ya ni siquiera podemos decir que somos nómadas.

En toda la tribu solo quedábamos 2 vestales certificadas: Blanka y yo, pero a última hora apareció Soraya, a quien creíamos fallecida.

—¿Y qué hacen las demás mujeres, las que no son vestales? ¿No se casan?

—Claro que sí. Contraen matrimonio, pero lo hacen de acuerdo con las normas y ritos de otras religiones más progresistas y permisivas, para no decir liberales. Cada día es mayor el número de matrimonios fuera de nuestra religión.

Además, en nuestro pueblo quedan escasos hombres disponibles, y esa realidad nos obliga a las mujeres de hoy, a esforzarnos más para seleccionar nosotras mismas algún marido guapo, rico y poderoso.

No nos conviene delegar totalmente esa importante tarea en nuestros padres.

Son demasiado puritanos, y sabemos que las vestales estamos en desventaja frente a las placenteras armas de seducción de las no vírgenes.

—¿Y si piensas de esa manera, ¿por qué sigues siendo vestal?

—Porque amo a un joven a quien sí le importan nuestras costumbres, aunque las cosas ya no sean como las de antes.

—¿Puedo saber el nombre de ese joven?

—Él se disgustaría si lo revelo.

—¿Cuántos hombres quedan en la tribu de Soraya?

—Llamar "tribu" a esa gente, es un eufemismo. Eran una banda de salvajes guerreros y asaltantes.

Acosaban a las caravanas, mataban o esclavizaban a los hombres y secuestraban a las mujeres de otras tribus o estirpes; y les robaban sus bienes y mercancías. Arrasaban todo a su paso.

¡Eran una verdadera plaga!

Hace algún tiempo otros grupos de bereberes y tuaregs, a los que habían saqueado, decidieron exterminarlos.

Esos grupos se unieron y descubrieron la guarida de la banda en Siria, y con el apoyo de algunos sedentarios, fueron allá y los aniquilaron.

Se decía que hasta las mujeres y niños habían sido asesinados; que no había quedado uno vivo.

Aunque, por lo visto, la hija y un hermano de Keled sobrevivieron.

—Pero ahora Farid quiere casarse con Soraya, quien proviene de esa estirpe supuestamente enemiga...

—Usted piensa igual que mi novio, inspector. Pero ese compromiso matrimonial fue un pacto de conveniencia.

Con ese acuerdo matrimonial, Akram logró que sus rivales, los kelenitas no atacaran a su tribu.

—Sin embargo, desde la matanza, ese peligro ya no existe.

¿Quién obliga ahora a Farid a casarse con Soraya?

—¡Los hombres son así! Les encanta que las mujeres se peleen por ellos.

¿No ha notado cómo Farid exhibe orgulloso a Soraya y a Blanka?

¿Cómo se derrite cuando Sue, la secretaria de Frank, lo abraza, acaricia y besa en público?

¡Solo le falta mostrarlas desnudas en una jaula!

Farid cree sinceramente que puede conquistar a todas las mujeres, aunque ellas no lo buscan a él, sino a su fortuna, a su dinero.

Sin embargo, Soraya logró conquistar el corazón de Farid y ahora ella es quien manda en nuestra tribu y en el grupo de empresas.

Aunque eso duela a mi amiga Blanka y a las demás mujeres que lo acosan.

No obstante, no todo es romanticismo y atracción sexual, también cuenta el factor político:

Se dice que hay un grupo de fanáticos que se formó cuando los tuaregs exterminaron la tribu de Keled, y que hará deshacer el pacto de Akram y Keled.

—¿Cuál es el nombre de ese grupo?

—Se hace llamar Renacer Lawata.

—¿Farid forma parte de esa organización?

—No sé.

Él es un hombre bondadoso, que ama a su tribu y a su estirpe, pero es débil de carácter.

Por eso se casará con Soraya, a menos que usted logre impedirlo.

—¿Yo? ¿Por qué he de impedir ese matrimonio?

}Por mi parte, Farid puede casarse con quien le venga en gana. Si él ama a Soraya, que se case con ella.

¡Eso no es asunto mío!

—Suyo, quizás no sea. Pero por algo está aquí, inspector.

—De todas maneras, Cinta, Farid no parece estar apurado en casarse y las dos mujeres son increíblemente hermosas. Se tomará su tiempo para decidir. No es una decisión sencilla. Probablemente terminará apostando "cara o sello", con cuál de los dos bombones se quedará.

—Ja, ja. Muy bonita su tesis, pero asunto ya lo decidió Farid: no olvide que la ceremonia que se frustró por la desaparición del rubí, era la de entrega de la dote a Soraya, no a Blanka.

Se comenta que la validez de esa ceremonia depende de las averiguaciones que usted y el señor Clayton están haciendo sobre lo que pasó con el rubí.

El comisario Lindt no se atreve a decidir solo tan delicado caso.

Por eso, no detuvo a Soraya ni a su tío, a pesar de lo que hicieron. Por cierto, Blanka dijo que usted estuvo genial.

—¿Y cómo se enteró de lo que pasó allí?

—Aquí todo se sabe, inspector. Mi novio oyó al señor Frank Polter comentarle a Soraya que usted descubrió quién se llevó el rubí y cómo había desaparecido.

—Frank fue muy amable al atribuirme esa clarividencia, pero dime, Cinta: ¿Frank solo mencionó la gema? ¿No habló de la boda de Soraya?

—No. Sin embargo, mi novio oyó algo más, señor Morles.

—¿Qué fue, Cinta?

—El señor Polter le manifestó a Soraya que tenía compradores para el Seno de Soraya, pero que, primero, el rubí debía aparecer.

Le dijo también que había ofrecido una jugosa recompensa a quien lograra informarle dónde estaba el rubí.

Tiene a su extraña secretaria, a Elis y a Joanna trabajando día y noche en eso.

Soraya le exigió mantener esa información en secreto, y muy especialmente le aconsejó no suministrar ninguna información a su tío Irat, ya que este, de conseguir el rubí, o la indemnización, nada le daría a ella y, menos aún, a Frank.

—Gracias, Cinta. Si recuerdas o te enteras de algo más, por favor, no dudes en llamarme.

# Daur, el secretario de Farid

El señor Daur se deslizaba silenciosamente por el hotel, siempre erguido. Su larga batola y su barba gris, le daban un aspecto espectral, misterioso.

Aunque no movía la cabeza, sus fríos ojos grises constantemente giraban de uno a otro lado, como si estuviera esperando un ataque sorpresivo.

Pablo lo halló en el pasillo.

Era un hombre de pocas palabras:

—Buenos días, señor Daur. Soy Pablo Morles, asesor de…

—Lo sé.

—Me gustaría conversar con usted.

—¿Sobre?

—Sobre el seno de Soraya.

—No es un nombre digno para ese rubí.

—¿Por qué?

—Ha sido tocado por manos impuras.

—Bueno, llamémoslo solo "el rubí".

—El rubí merecía el nombre de otra mujer.

—¿Se refiere a Blanka?

—Pudo ser, ya no.

—Pero la prometida de Farid es Soraya.

—Sí. Eso dicen.

—¿Podríamos sentarnos para hablar más cómodamente?

—No. Odio conversar sentado.

—¿Por qué?

—La gente abusa y pregunta de más.

—¿Es verdad que Akram y Keled firmaron ese pacto matrimonial en nombre de sus hijos?

—Sí.

—¿Le consta?

—Estuve presente.

—¿Quién tiene ese pacto?

—Lo tenía Moad.

—Lo asesinaron. ¿Y ahora quién lo tiene?

—Lo ignoro.

—¿Quién asesinó al imán?

—No sé.

Poco a poco Morles fue perdiendo la paciencia, ante las lacónicas respuestas del secretario.

—¿Ha oído usted hablar de una organización llamada Renacer Lawata?

—Sí.

—Mire, señor Daur, estoy interrogándolo parado y en este pasillo, como una cortesía, porque usted fue el secretario de Akram y ahora lo es de Farid.

—Gracias.

—¿Sabe usted sacar cuentas, señor Daur?

—¿Contar?

—Sí: sacar cuentas, 1 más 1 igual 2, 2 más 1 igual 3, y así sucesivamente.

Solo del 1 al 10.

—Soy contador.

—Excelente, Daur. Lo felicito.

Eso le será muy útil para no ir a la cárcel.

—No entiendo.

—Se lo explicaré en pocas palabras, a su estilo: si vuelve a responderme con una oración que tenga menos de 10 palabras, le pediré al comisario Lindt que lo lleve preso, como indiciado en el crimen del imán Moad y en el hurto del rubí.

¿Entendido?

—Sí. Perdón. Quise decirle que sí entendí su pregunta... ¿Cuántas palabras llevo?

—Ahora sí nos estamos entendiendo, Daur.

Explíqueme cuándo y dónde oyó hablar de la organización denominada Renacer Lawata.

—Todos los hombres del desierto desde niños hemos oído hablar de una antigua cultura que se llamó Lawata, señor.

Fue una nación berebere que en la época romana se desarrolló en el territorio de Cirenaica.

En la Edad Media islámica se diseminó por los oasis de Egipto del desierto occidental.

A finales del siglo pasado surgió un nuevo grupo, denominado *Renacer Lawata.*

Hace unas 2 décadas ese grupo casi hizo desaparecer a la banda de Keled y a su estirpe.

—¿Entonces, ese grupo sí existe?

—Sí. Sus integrantes tratan de evitar que surjan nuevos Keled.

Pero lo hacen con medios diferentes a los del grupo originario.

Los intereses de los pueblos del desierto no son hoy los mismos que los de hace siglos o décadas.

La mayoría somos profesionales y empresarios a quienes no nos interesa que existan bandas de asaltantes como la de Keled, que propician la venganza y el odio, pues nosotros no queremos vivir en una continua lucha contra nuestros hermanos del desierto.

—Habla usted de "nosotros", ¿pertenece usted a Renacer Lawata?

—Tengo ese alto honor, señor.

—¿Alto honor, Daur? Ese grupo mató vilmente, a sangre fría, al imán Moad.

¡Era un hombre bueno!

—Nadie puede saberlo mejor que yo, señor Morles: ¡Soy su hijo!

# El nuevo imán

Pablo no esperaba esa revelación, y exclamó, sorprendido:

—¿Es usted el hijo de Moad?

—Alguien está usando indebidamente el nombre de nuestra agrupación, con otros fines.

—Y entonces, si los de Renacer Lawata no asesinaron a su padre, ¿quiénes fueron?

—Todavía no lo sé, inspector.

De saberlo, ya estarían muertos.

—¿Vio el rubí cuando Farid lo entregó a Soraya?

—Sí. Lo vimos todos desde que mi padre abrió el cofre ritual y lo exhibió a los presentes.

Después, ordenó a las vestales guardarlo en el cofre, el cual cerraron en presencia de todos.

Luego, mi padre lo lacró y selló con su propio anillo.

El cofre cerrado, lacrado y sellado estuvo sobre la mesa, a la vista de todos quienes estuvimos allí, pero mi padre ordenó que nadie lo tocara hasta que se reiniciara la ceremonia. Y nadie lo tocó.

También vi cuando Farid le entregó el cofre sellado a Soraya; y cuando ella lo abrió, después de romper las cintas y lacres.

—¿Con qué los rompió?

—Con un cuchillo de oro y plata que suele usarse en esas actuaciones. Estaba sobre la mesa, al lado del cofre.

—¿Quién lo colocó allí?

—Las vestales, por instrucciones de mi padre.

—¿Vio usted el rubí en ese preciso momento, el de la entrega?

—Sí. Lo vi reflejarse en el rostro de Soraya. Era una bella gema. Pero súbitamente los espíritus malignos la cambiaron por una piedra corriente.

—Veo que usted, al igual que su padre, cree que la transformación del rubí en una sucia piedra fue obra de los espíritus malignos.

—Sí, inspector.

Puede tener la seguridad de que es obra de espíritus malignos, solo que en este caso no andan flotando en el aire, sino que habitan cuerpos humanos.

—¿Llegó a tocar la prometida el rubí?

—El rubí, no; pero la tosca piedra que lo reemplazó, sí, pues Soraya intentó arrojársela a Farid.

—¿Usó ella guantes para recibir el rubí?

—No. Los prometidos tienen que entregar o recibir la dote con las manos purificadas, es decir, después de hechas las abluciones, y sin guantes.

Solo pueden usar los anillos de sus respectivas estirpes, los cuales debían intercambiar después de entregada la dote.

—¿Los intercambiaron?

—No. La ceremonia quedó inconclusa por el escándalo. No llegó a esa etapa del ceremonial.

—¿Cabía el rubí dentro de uno de esos anillos o dentro del mango del cuchillo con el cual la prometida rompió las cintas y sellos?

—¡Imposible!

El tamaño del rubí es varias veces mayor que el de los dos anillos y del mango del cuchillo.

—¿Llevaba puesto Soraya un vestido de mangas anchas cuando recibió la dote?

—No. El que usó era más bien de mangas estrechas y apretadas.

La verdad es que la vestimenta de la prometida no era apropiada ni para la ocasión ni para su talla.

Daba lástima verla.

Irat, su tío, había exigido que Farid le contratara a un diseñador de modas, a fin de que le hiciese a Soraya un traje a la medida.

Sin embargo, mi padre, en su condición de guardián de las costumbres de la tribu, aconsejó a Farid que no aceptara esa solicitud, porque según nuestra tradición, el prometido no debe ver el traje de la novia, ni intervenir en forma alguna en lo relacionado con su confección o adquisición.

—Muchas gracias, señor Daur.

La verdad es que lamento mucho la muerte de su padre.

Robert Clayton y yo lo visitamos poco antes de que lo asesinaran y nos llevamos una buena impresión de él.

—Lo sé.

Él presintió lo que le pasaría, cuando lo hicieron montarse en el taxi que lo llevaría al aeropuerto.

Segundos antes del atentado, me indicó que debía confiar en ustedes; y me informó que les había revelado algo importante.

—Es cierto. Pero no creo que este pasillo, y de pie, sean el lugar y el momento más adecuados para tratar ese delicado tema.Además, nos gustaría que el nuevo imán esté presente en esa conversación.

—No tendrán que caminar mucho para encontrarlo: el consejo de ancianos me designó su sustituto.

—Le ruego perdonarme, señor Daur, por la injustificada rudeza que utilicé para hablarle al principio. Hasta lo amenacé con llevarlo preso. Ignoraba que usted fuera hijo del imán Moad, y lo tenía de primero en mi lista de sospechosos.

Ahora solo está de segundo.

—Ja, ja. No hay problema. Entiendo que ese es su sistema de investigación, y lo respeto. Además, yo fui exagerada e intencionalmente escueto y reservado, porque justo en ese momento alguien peligroso estaba cerca, oyendo nuestra conversación. Me vigilan, señor Morles.

—¿Quiénes lo vigilan, Daur?

—Los mismos que asesinaron a mi padre.

## Ray Brown

Cuando Morles llegó al lobby del hotel, encontró a Clayton acompañado de un hombre rubio, algo más joven que el presidente de Interpol, de corte militar, alto y vestido deportivamente. A su lado tenía un maletín de aluminio.

Clayton se lo presentó:

—Morles, Ray Brown es el representante de la compañía de seguros. Acaba de llegar de Londres. Desea conversar contigo.

—¿Eres el fotógrafo? ¡Qué bueno! ¡Quería ver las imágenes que captaste de la ceremonia de entrega de la dote!

—Fui contratado por la compañía para atender casos de cierta relevancia, como el del Seno de Soraya.

Mi especialidad son las pruebas fotográficas relacionadas con los seguros de bienes de gran valor.

En el mundo árabe todavía se utiliza esa forma de traspaso de valores, especialmente entre los beduinos y tuaregs.

En el caso del Seno de Soraya, hice unas pruebas fotográficas a ese rubí cuando Farid contrató el seguro.

—¿Era Farid cliente de la compañía de seguros para esa fecha?

218

—Sí. El grupo del señor Farid tiene una larga relación de seguros con nosotros, que data de los tiempos de su padre, el señor Akram.

Farid es uno de nuestros mejores clientes.

Jamás hemos tenido queja alguna de su comportamiento; todo lo contrario.

No solo tiene aseguradas joyas: también tiene complejos petroquímicos, barcos, aviones y automóviles, entre otros renglones.

—¿Anteriormente le han pagado ustedes indemnizaciones a Farid o a su grupo por otros siniestros?

—Por supuesto, pero por montos insignificantes y todos como consecuencia de siniestros debidamente comprobados y hasta previsibles.

Siempre ha sido serio. Es más, no ha hecho reclamo alguno a la empresa por concepto de pérdida del Seno de Soraya.

Según Farid, la empresa no debe indemnizar a ninguna persona, hasta que se aclare de manera indubitable cómo se perdió el rubí.

Así lo manifestó expresamente y por escrito al presidente de la compañía.

En su escrito el empresario aclaró que, en resguardo de su buen nombre y reputación, en el evento de que tuviese algún derecho de ser indemnizado, renunciaba expresamente cualquier pago derivado de esa extraña situación.

—¿Y Soraya?

—Esa sí ha reclamado, y de qué forma. Pero este caso se sale de los parámetros normales.

Nuestra compañía solo espera los resultados de la investigación policial y de la mía para efectuar el pago. Ya las empresas reaseguradoras están de acuerdo.

—Estuviste presente en la entrega, Ray ¿Cuál es tu opinión sobre lo que en realidad acaeció al Seno de Soraya?

No me digas que también crees que un espíritu maligno cambió el famoso rubí por un guijarro.

—No, Pablo. No creo que los espíritus malignos se dediquen a desaparecer o a cambiar gemas.

Pero sí puedo garantizarte que vi ese rubí segundos antes, y que en frente de mis narices se transformó en una sucia y ordinaria piedra.

Te confieso que no tengo la menor idea de cómo pudo haber acontecido eso.

Pero sí sucedió y hasta lo filmé.

—¿Entonces la compañía pagará la indemnización?

—No tendrá más remedio que hacerlo. El rubí desapareció y estaba asegurado.

—¿Cubría el seguro el riesgo de la sustracción de la gema por parte de espíritus malignos?

—Ja, ja. No, Pablo. Sin embargo, la póliza fue redactada en términos generales. Cubría todo caso de pérdida, bien sea por hurto, robo u otra causa extraña a la voluntad de quien la aseguró.

Según nuestro departamento legal la compañía tendrá que pagar el siniestro.

—¿A quién entregará la indemnización?

—A Soraya, lógicamente.

—¿Solo a Soraya?

—Sí, solo a ella.

La póliza establecía que de ocurrirle algo al rubí antes de su entrega a la prometida, el beneficiario de la indemnización sería el señor Farid.

Sin embargo, aclaraba que, una vez entregada a Soraya la dote, con las formalidades de su tribu, sería ella la única beneficiaria.

—¿Entonces, el señor Farid perderá el rubí, no cobrará indemnización alguna y encima tendrá que casarse?

—Así es, Pablo. A la empresa le quedan muy pocos días para proceder a entregar a Soraya los 50 millones de euros, a menos que un tribunal le prohíba hacerlo.

¿Qué has averiguado tú?

—Tengo una corazonada, Ray, pero no me gusta adelantar opiniones.

Mi preocupación principal no es averiguar lo que pasó con el rubí, sino el crimen del imán Moad.

Antes de hacer cualquier señalamiento tengo que confirmar que estoy en lo cierto.

Para eso, las grabaciones que posees podrían ser importantes.

—Las traje. Están en ese maletín.

Podemos verlas, si quieres.

—¿Es ese el mismo maletín que tenías el día de la ceremonia?

—Sí, ¿por qué?

—Nada importante: solo es curiosidad profesional.

Robert habló con el gerente del hotel, quien de inmediato ordenó que les prepararan un cuarto privado con los equipos necesarios para la proyección electrónica.

## Las grabaciones

A puertas cerradas, los tres jefes policiales (Clayton, Morles y Lindt) y el representante de la aseguradora, Brown, vieron las grabaciones que el último de los nombrados había hecho al Seno de Soraya el mismo día de la ceremonia, poco antes de su consagración como dote por parte del imán Moad.

Pablo solicitó a Brown que le pasara las grabaciones de cada secuencia de filmación en cámara lenta, prácticamente imagen por imagen.

Pidió también a Brown que le indicara exactamente el lugar donde él estaba en el momento de tomar cada foto; y de vez en cuando solicitó que las volviera a pasar, para confirmar algún detalle.

Las filmaciones mostraron con claridad y nitidez la imagen de la gran gema roja dentro del cofre ritual.

Pablo estudió cada una de las primeras fotos con mucho cuidado, y después preguntó a Ray:

—Dime, Ray, ¿estás totalmente convencido de que las imágenes del rubí que hasta ahora hemos visto en la pantalla, son del mismo Seno de Soraya que retrataste cuando Farid contrató el seguro?

—Completamente, Pablo. Es el mismo rubí.

Hay ciertas características de las gemas que solo los expertos pueden detectar.

En algunos casos se requieren instrumentos especiales, para observar insignificantes fisuras internas.

También son importantes para la identificación el tamaño, el peso, la intensidad del color, el tallado, y algunas pequeñísimas irregularidades.

Según los expertos de la compañía, el Seno de Soraya es tan perfecto, que su mejor descripción es esa, la de su perfección casi absoluta.

La gema que aparece en mis fotos de la ceremonia, tiene el mismo tamaño, color y apariencia de la que Farid aseguró cuando la compró.

Brown comparó algunos detalles comunes de la piedra en la fotografía del avalúo original, con los de las imágenes captadas durante la filmación de la ceremonia.

—Bien, Ray.

Partiendo entonces de la premisa de que el rubí que estaba en el cofre sí era el Seno de Soraya, pasemos al momento de su traspaso.

Es decir, al preciso instante cuando Farid, en tu presencia y a la vista de todos los demás asistentes, entregó a Soraya el cofre ritual, previamente cerrado, y sellado y lacrado por el imán Moad.

¿Podríamos ver si en las fotos de ese momento el rubí todavía estaba dentro del cofre, Ray?

Ray le contestó:

—¡Sí estaba, Pablo!

En esta foto, que tomé desde mi posición, puede apreciarse el suave reflejo rojizo del rubí, justo en el momento en que Soraya abrió la caja.

Es más, fíjate cómo el reflejo que salió del interior del cofre iluminó la cara de Soraya.

Si ampliamos la imagen verás cómo el punto rojo del reflejo llegó hasta la pupila del ojo izquierdo de la prometida.

Pablo agradeció a Ray el tiempo que le dedicó:

—Tus fotos y tu declaración coinciden con las de muchos otros asistentes.

—Ahora vamos a la tercera fase. La de la transformación del rubí en una sucia piedra.

—Hay una foto impresionante, Pablo, en la que se observa el rubí en plena transformación.

—¿Aparecen en esa foto las dos piedras juntas?

—No, Morles. Se ve claramente una sola, que en parte es un resplandeciente rubí y en parte es una ordinaria piedra mate, marrón, oscura.

Las dos piedras juntas no habrían cabido en el cofre ritual.

—Entiendo.

—¿Entiendes? ¡Te felicito!

Llevo noches y noches pensando en eso, y estoy a punto de aceptar la teoría de los espíritus malignos.

Clayton exclamó al ver la grabación:

—Es verdad, Pablo.

En esa parte de la filmación se nota que el rubí, sin que nadie lo haya tocado, está transformándose en una piedra opaca, marrón y sin brillo alguno. ¿Cómo pudo suceder eso?

Pablo meditó unos momentos, y luego pidió a Brown:

—Ray: ¿Serías tan amable de volver al cuadro del rubí dentro del cofre antes de que este fuese cerrado y lacrado por el imán?

—¡Es este, Pablo!

—Gracias, amigo.

Pablo se detuvo durante varios minutos mirando esa imagen; y Robert, Lindt y Ray, asumieron que se trataba de un "teatro" para convencerlos de que era un gran observador, por lo que, aburridos, comenzaron a hablar de otros temas.

Poco después Morles pareció volver a la realidad, y exclamó:

—Bien.

Ahora vamos a la siguiente etapa: ¡la del pedrusco!

Brown le colocó en la pantalla ampliada las fotos de la secuencia del pedrusco.

Nuevamente Pablo estuvo concentrado viendo las fotos de la piedra.

Sin embargo, esta vez duplicó el tiempo de observación. Incluso midió las variaciones de los tamaños de la piedra en las diferentes fotos, para determinar si era una misma o eran dos.

Por fin, pareció terminar el examen de las grabaciones y se paró.

Tomó una taza de café, y soltó una risotada.

Clayton, Lindt y Brown, que estaban hablando de fútbol, miraron sorprendidos a Morles y le preguntaron:

—¿Qué descubriste, Pablo?

—Nada, amigos.

—¿Y de que te reíste?

—De un chiste malo que recordé.

Con el permiso de ustedes voy a la recepción para ver si me llegó algo que solicité.

¡Bello maletín, Ray! ¡Cuídalo! Son costosos y difíciles de conseguir en estos tiempos.

—Gracias, lo compré en Londres y siempre lo he cuidado. Es liviano y práctico.

Cuando se fue, Clayton dijo a Lindt y a Brown.

—¡Lo conozco! Ya descubrió lo que pasó, pero solo lo dirá en el último momento. Ahora comenzará a analizar su tesis desde cero. Nunca opina a la ligera.

En tu lugar, Brown, yo le recomendaría a tu empresa que antes de pagar, espere que Morles suelte lo que sabe.

—¿Y si no lo suelta? La verdad, Clayton, es que Morles me decepcionó. Me pareció muy simulada y artificial su actuación.

Mostró más interés en mi maletín profesional que en lo que yo podría informarle.

—Pablo solo pregunta lo que le interesa, Ray.

—Además, Robert, ¿qué necesidad tiene de llevar esa Colt 45, si lo que está haciendo es ver una filmación en un cuarto cerrado?

—No se te ocurra tocarle ese tema. Esa Colt la heredó de su padre, quien también fue detective. Dice que le ayuda a pensar.

Pero no te engañes, amigo: Pablo sabe elegir el momento preciso para atacar a su presa.

Y cuando lo hace, su efecto es tan fulminante como su Colt 45.

## La tía de Robert

Una hora más tarde, Clayton recibió una llamada telefónica de Pablo:

—¿Recuerdas que ofrecimos a Judith y a Magda que saldríamos con ellas?

Robert le respondió:

—¿Te parece oportuno salir de paseo, en el momento más importante del caso?

—Ellas son más importantes para nosotros que ese rubí.

Saldremos mañana a las 10:00 a.m. de nuestro hotel.

No lleven maletas, eso queda cerca de París.

Estaremos de regreso en la tarde, y cenaremos en Montmartre.

—¿Mañana? Creí que sería pasado mañana. ¿Dónde estás ahora, Pablo?

Tenemos que hablar.

—Estoy saliendo de tu oficina, Robert. Recogí unas pruebas.

Antes pasaré por la farmacia que está cerca de la estación del Metro.

—¿Te sientes mal, Pablo?

—Mejor que nunca, Robert.

—¿Entonces para qué vas a la farmacia?

—Para comprarte las medicinas que me encargaste para tu tía Mirelle.

—Lo había olvidado. ¿Quieres que te busque?

—Avísale a Pierre que tuve un inconveniente y que llegaré tarde. Mirelle necesita sus medicinas con urgencia.

Los esperaré en la farmacia; quizás aún tenga tiempo de conversar con mis otros amigos.

—¿Cuáles amigos, Pablo?

—Con los dos simpáticos caballeros que tuvieron la gentileza de pagarle el taxi a un amigo común.

—Entiendo. En unos minutos estaremos allá. Cuídate. ¿Tienes a tu amiga contigo?

—Ella nunca me abandona, siempre está al lado de mi corazón, siempre lista para entrar en acción.

Dile a Magda que la amo.

# En la farmacia

Morles entró a la iluminada farmacia, como si no hubiese observado que a corta distancia lo seguían los dos hombres que habían visto ingresar en la habitación del imán Moad, el mismo día en que el religioso fue asesinado.

Para ganar tiempo y dar oportunidad a Clayton que llegara, Morles trató de entablar conversación con el farmaceuta, sobre un producto cuyo nombre inventó.

Pero el dependiente no era un hombre paciente y le exigió un récipe, advirtiéndole que debería apurarse porque estaba a punto de cerrar.

Pablo entonces se puso a admirar una serie de bastones que tenían en una cesta cerca del área de las medicinas.

Eligió el más fuerte, grueso y pesado.

Fue a la caja e intencionalmente pagó el bastón con un billete de su país, que sabía que el encargado no aceptaría.

Después de algunos minutos de explicaciones, pagó con su tarjeta de débito.

Afuera estaban los dos hombres esperándolo, uno a cada lado de la puerta.

El ojo entrenado de Pablo vio que uno de ellos tenía una afilada daga, y que el otro ocultaba un revólver calibre 38.

Se quitó los guantes y el abrigo e hizo una especie de ovillo con ellos, debajo del cual llevaba, lista para disparar su "fiel amiga y compañera", la Colt 45 que había heredado de su padre.

A pesar del frío, decidió no ponerse el abrigo y salir con su clásica chaqueta de cuero.

Había dejado el teléfono celular encendido dentro de su abrigo, para que los hombres de Lindt pudiesen localizarlo.

Estaba seguro de que Robert había entendido que se encontraba en peligro.

Al notar que Pablo tardaba más de lo normal en salir, el empleado le preguntó, detrás del mostrador:

—¿Se le perdió algo, señor?

—No, gracias.

Solo estoy preparándome para salir a la calle.

¿Tiene guantes de cuero? Los que tengo son de lana y los quiero impermeables.

—No señor. Pero media cuadra más adelante hay una tienda de ropa donde los venden.

—Muchas gracias. Los compraré allí.

—Buenas noches, señor. Vuelva pronto.

—Eso espero.

Los dos hombres seguían de espaldas y se habían acercado bastante uno del otro, de modo de hacer aún más estrecho el espacio que Morles tendría que utilizar para salir de la farmacia.

Cuando ya casi estaba en el umbral, Morles se devolvió y preguntó al dependiente, quien lo miró disgustado.

—Perdone, señor. ¡Olvidé un encargo! ¿Tendrá todavía tiempo para venderme también un frasco de alcohol u otro desinfectante? Es que una amiga quiere limpiar el baño de su casa.

—¿Cuál quiere?

—El más fuerte. No importa la marca.

—¿De qué tamaño?

—El más grande que tenga.

—Lo tengo de un litro.

—¡Excelente!

—Ese es bastante caro, en cualquier otra parte podría conseguir uno más económico. En la otra esquina…

—¡No importa! Para mí está bien. Cóbrese, por favor.

—¿Quiere que le dé una bolsa para llevarlo?

—Prefiero el envase sin la bolsa, es más cómodo para llevarlo.

—Es cierto. Tome el desinfectante.

Mientras el vendedor pasaba la tarjeta, Pablo abrió el desinfectante.

Después, avanzó rápidamente hacia la puerta.

—Por favor, caballeros, ¿podrían abrirme paso?, es que llevo este pesado envase…

Los hombres se voltearon hacia él, creyéndole desprevenido.

El primero con gran fuerza le lanzó una cuchillada, pero su filosa daga se hundió en el pesado abrigo que Morles había enrollado para que le sirviera de escudo.

Al mismo tiempo, Pablo arrojó a las caras de ambos atacantes el desinfectante que llevaba en el envase. Medio cegado, el segundo agresor quiso utilizar su revólver, pero antes de que pudiera apuntar a Morles, recibió un fuerte bastonazo en la mano que le tumbó el arma.

Libre del bastón y del envase, Pablo los apuntó con su imponente Colt 45:

—¡Quien se mueva, será hombre muerto!

Justo en ese momento, llegaron Lindt y Clayton, acompañados de varias patrullas de la policía nacional francesa, que se encargaron de arrestar a los dos maleantes.

—¿Estás bien, Pablo?

—Sí, pero no me toques, porque estoy lleno de desinfectante y tus finos trajes pueden dañarse.

—¿No llegaste a usar tu Colt 45? ¡Qué extraño! Estás poniéndote viejo.

—Sí. Ahora uso bastón.

—No sabía que lo usaras, ¿desde cuándo?

—Apenas unos 5 minutos.

—Entendí que necesitabas ayuda cuando me hablaste de mi tía Mirelle.

No tengo ninguna tía con ese nombre.

—Tu inteligencia me impresiona, Robert. De haber sido cierta la enfermedad de tu tía, ya habría muerto.

Tardaron más de veinte minutos en llegar.

Casi me botan de la farmacia.

Cuando Lindt regresó, Pablo le sugirió:

—Pierre, averigua quiénes son esos dos. No los sueltes hasta que los interroguemos. Trata de sacarles pruebas de ADN.

—¿Y si se oponen?

—Les brindas café y discretamente me guardas los vasos.

Solo quiero verificar algo.

Tengo una corazonada.

—¿Quieres saber si son de la tribu de Keled?

—Sí, ahora me ha dado por estudiar la genética de las tribus del desierto.

Pienso escribir un libro al respecto.

# Un elegante Morles

Ni Robert ni Morles contaron a sus esposas el incidente de la farmacia, para no preocuparlas.

Con cargo a su presupuesto para gastos de Interpol, Clayton compró y regaló a su amigo un elegante traje, en una de las tiendas de los Campos Elíseos.

También le compró un buen abrigo, pues el que llevaba en la farmacia, tenía una larga rotura, por haber servido de escudo a Pablo cuando uno de los matones trató de matarlo, con una daga.

Pablo se bañó y cambió de ropa en el hotel de Farid.

Cuando llegó a su modesto hotel del Arco de Triunfo, Judit y Magda estaban esperándolos.

—¿Y ese nuevo traje, Pablo?

—Me lo regaló Robert, para que pudiera ir con ustedes a cenar. Quiere que me vista como él, para no desentonar.

—Ese traje es elegante y te queda muy bien, y el abrigo es fino. Se nota que son caros.

¿Y qué hiciste con la vieja ropa que llevabas?

—La boté en el primer basurero que encontré. Olía demasiado a desinfectante y me mareaba. Además, destiñó.

—Estos franceses no saben lavar la ropa, cariño. ¿Y el abrigo?

—Olía igual y le entró polilla, porque se le abrió un agujerito.

—No debiste botarlo, Pablo, ¡quizás yo habría podido repararlo!

Hablando de otra cosa: veo mucha gente rara cerca de nuestro hotel.

—Sí, no te preocupes. Lindt los envió. Dijo que no le importaba lo que en su jurisdicción nos pasara a Robert o a mí, porque éranos unos bichos malos; pero que nuestras esposas sí merecían ser protegidas.

—Los franceses siempre han sido galantes.

Aunque innecesaria, no podemos rechazar esa gentil protección, porque Lindt podría ofenderse.

## ¿Hubo hurto?

Al día siguiente fueron de paseo a Giverny, donde admiraron la casa del pintor Monet e hicieron un corto recorrido por el pueblo.

De regreso, a petición de Pablo se reunieron todos en la prefectura de París.

Soraya e Irat llegaron asistidos por dos abogados, de una prestigiosa firma internacional; y los presentaron a los jefes policiales.

Ray, Elis, Frank y Sue estaban en uno de los bancos de atrás; y Joanna, de pie frente a los jefes policiales, se encargaba activamente del protocolo, como si las autoridades le hubieran encomendado esa misión.

El comisario expuso a los presentes.

—El señor Brown me ha manifestado que su representada tiene listos todos los documentos para entregar formalmente la indemnización de 50 millones de euros a la ciudadana Soraya Keled, en su condición de beneficiaria de la póliza que ampara el hurto del rubí.

Y ello, porque el señor Farid Akram le entregó la dote antes de su desaparición.

Soraya e Irat, recibieron la noticia con alegría. Sus abogados se limitaron a asentir en señal de satisfacción. Lindt continuó:

241

—No obstante, la aseguradora puso como condición para proceder al pago de la indemnización que este departamento de policía informe si en su opinión existen serios indicios de que el rubí fue realmente hurtado.

Comoquiera que esta prefectura nombró asesor ad-hoc al inspector Pablo Morles, pido al señor Morles que responda esa pregunta a la empresa aseguradora.

Sin embargo, cumplo con advertir a los presentes que solo estamos actuando como funcionarios de policía, a los fines de que sean los tribunales competentes los que decidan sobre los derechos y obligaciones de los contrayentes, o de otras personas, y en todo caso, con el debido respeto a sus respectivos derechos, en especial el de defensa.

Pablo tomó la palabra:

—Gracias, comisario Lindt.

Responderé a continuación su pregunta, señor Brown:

Por hurto se entiende, apoderarse de una cosa mueble ajena, quitándola del lugar donde se encuentra, sin permiso de su dueño, para provecho propio o en beneficio de un tercero.

¿No es así?

Los abogados de Soraya, expresaron:

—Sí. Esa definición de hurto es válida para el derecho francés, y, por tanto, la aceptamos.

—Bien, Gracias. En mi criterio, en el presente caso no se cumplieron todos los elementos o condiciones concurrentes exigidos por esa definición para que pueda considerarse que hubo un hurto.

Las protestas de Soraya e Irat se oyeron en toda la sala:

—¿Cuánto te pagó la compañía para que dijeras eso?

Los abogados de Soraya trataron de calmar a la enfurecida dama

Varios agentes de la policía nacional francesa sometieron a Soraya y a Irat, y se quedaron detrás de ellos, por si acaso intentaban algo.

El comisario tomó de nuevo la palabra:

—Señor Morles: ¿Sería tan amable de explicarnos eso? En su opinión, ¿quién tomó la gema del cofre?

—No fueron los horrorosos espíritus malignos, sino unas preciosas y provocativas vestales:

Blanka y Cinta fueron quienes tomaron el rubí y lo sustituyeron por un pedrusco.

Un fuerte murmullo se oyó en la sala.

Lindt ordenó silencio.

Uno de los abogados de Soraya pidió la palabra, y el comisario se la concedió con un gesto.

—¿Las vestales hurtaron el rubí? Pero acaba de decirnos, inspector Morles, que no hubo hurto.

—No dije que ellas lo hubiesen hurtado: solo afirmé que lo tomaron y se lo llevaron, sustituyéndolo por un pedrusco algo menos valioso.

No se cumplieron las condiciones para que hubiese hurto, porque el señor Farid, que era y sigue siendo el legítimo dueño del Seno de Soraya, autorizó expresamente a Blanka y a Cinta para realizar esa sustitución.

Los abogados de Soraya alegaron:

—Entonces, el señor Farid incurrió, entre otros, en el delito de estafa.

Soraya exclamó:

—¿Farid resultó ser un bandido, un sacrílego? ¡Entonces debe devolverme mi rubí!

Pablo se dirigió a los abogados de Soraya:

—Les ruego terminar de oír mi exposición.

Les conviene.

Morles continuó:

—Además, no hubo entrega del Seno de Soraya, sino de una piedra común y corriente; entrega que no fue aceptada por la "doncella", razón por la cual ni siquiera puede ella reclamar que le paguen el valor de ese pedrusco.

Nuevamente se produjo un gran desorden en la sala, que hizo que Lindt suspendiera el acto por unos minutos, hasta que sus agentes lograron calmar a los Keled.

Morles prosiguió:

—Los abogados de la aseguradora verán qué hacen con esa información; pero personalmente opino que esa compañía no está obligada a pagar indemnización alguna a Soraya ni a nadie más.

No hubo hurto, sino un cambio válido del objeto de la dote.

Soraya gritó:

—¡Eso es lo mismo!

Esas malvadas se llevaron mi rubí.

¡Sabía que detrás de esa infamia estaba la mano de esa celosa prima de Farid!

De todas maneras, la compañía tiene que pagarme la indemnización, ya que el rubí no apareció dentro del plazo establecido en la póliza.

Pablo sonrió y le dijo:

—Ellas se llevaron el rubí unos minutos antes de que Farid le entregara el cofre a usted, Soraya.

De modo que, en principio, en el supuesto negado de haberse perdido o destruido la gema, o de haber sido hurtada, y de ser procedente el pago de una indemnización, esa compensación habría correspondido al mismo Farid,

Y no a usted, que nunca llegó a adquirir derecho alguno sobre el rubí, ni jamás podrá adquirirlo.

Soraya estaba fuera de sí; y gritó:

—¿Quién eres tú, para decir eso?

Los demandaré a todos.

Están confabulados en mi contra.

¡Hasta mis abogados!

La ira de mi pueblo caerá sobre todos.

El comisario se dirigió a Farid:

—¿Es cierto que usted autorizó a Blanka y a Cinta para reemplazar la gema, señor?

Farid contestó:

—Sí, comisario.

Y asumo todas las consecuencias, pues ellas solo siguieron mis instrucciones.

Dirigiéndose a Pablo, Lindt expresó:

—¿Estás seguro, Morles, de lo que estás diciendo?

Tengo entendido que todos los que estaban presentes vieron cuando Farid entregó el rubí a Soraya.

Pablo le respondió:

—Todos vieron cuando Farid entregó el pedrusco, no el rubí.

Eso podemos verificarlo en las excelentes y oportunas filmaciones que el señor Ray Brown tomó durante la ceremonia.

Para que haya hurto, la cosa sustraída debe ser ajena.

Nadie puede hurtar una cosa que es suya.

No hubo hurto, porque el señor Farid, que era y es el dueño del Seno de Soraya, autorizó expresamente a Blanka y a Cinta para sustituir el rubí de su propiedad por una piedra común, igualmente suya.

De modo que lo que Farid ofreció a Soraya no fue el rubí.

Se supone que la prometida no podía estar al tanto de cuál sería el objeto de la dote, y que su derecho se limitaba a aceptar o rechazar el pedrusco que Farid le ofrecía.

Y como lo rechazó dentro del plazo establecido en el pacto matrimonial para ello, lo que pasó, simplemente, fue que Soraya no aceptó el pedrusco que como dote le ofreció su prometido.

No hubo, pues, engaño ni incumplimiento alguno por parte del novio:

Él no le ofreció el rubí, sino el pedrusco.

Lindt insistió:

—Pero dígame, Morles, ¿era suficiente esa autorización, la del señor Farid, para que no existiera hurto?

—Sí, porque él aún no había entregado la dote y podía hacer lo que quisiera con ella, incluso destruirla o cambiarla.

Y eso último fue lo que hizo al final de la ceremonia, con la ayuda de las vestales: cambiar el objeto de la dote.

El comisario se dirigió a Farid:

—¿Es cierto eso, señor Farid?

Farid bajó la cabeza, apenado, pero luego la levantó y respondió:

—Sí, comisario. El inspector Morles dijo exactamente lo que hice. Y asumo las consecuencias.

—¿Por qué hizo eso, señor Farid?

—Porque no quería casarme por obligación con Soraya, sino con la mujer que he amado durante casi toda mi vida: ¡Blanka!

Furioso, Irat reclamó a Farid:

—¡Violaste las normas sagradas de mi tribu, nada menos que la de la temible estirpe de Keled!

¡Ofendiste y engañaste intencionalmente a mi sobrina, quien durante tantos años guardó su virginidad para ti!

Cualquiera de los de mi tribu está facultado para matarte y cobrar la recompensa.

Pablo soltó una carcajada:

—¿Cuál estirpe de Keled, Irat?

¿No decías que Soraya y tú fueron los únicos sobrevivientes de la matanza de Damasco?

¿Y que supuestamente todos murieron menos ustedes? ¿Una tribu de tan solo dos personas? ¡Eso no asusta a nadie!

Esa tribu es tan inexistente como la virginidad de Soraya.

—Puedes decir lo que sea, maldito policía, pero Soraya y yo somos los representantes de la tribu y estirpe de Keled, y tenemos los mismos derechos que cualquier otra tribu de bereberes.

—A mí no me engañas, Irat. Sé quién eres; y también sé quién es esa mujer que se hace pasar por tu sobrina y por doncella.

¡Cuando terminemos esta audiencia, tú y ella irán presos!

Los abogados de Soraya protestaron y pidieron que se dejara constancia en el acta de las palabras ofensivas a sus clientes que había pronunciado el inspector Morles; y se reservaron el ejercicio de las acciones civiles y penales a que hubiese lugar.

Pablo se limitó a sonreír. Pero Clayton y Lindt no pudieron ocultar su preocupación.

# La consagración de la dote

Irat, furioso, intervino:

—Olvidas una cosa, Morles: El rubí había sido consagrado por el imán Moad como dote, y una vez consagrado, el novio perdió la facultad de disponer de esa gema o de sustituirla por una piedra ordinaria, como sacrílega e ilegalmente ordenó hacerlo.

Moad murió víctima de un atentado realizado por una organización terrorista, llamada Renacer Lawata: y él era el único que podía revocar esa consagración, y como no lo hizo en vida, dicho acto no es revocable ni anulable en forma alguna.

De modo que Farid no tenía facultad de cambiar el objeto de la dote, y está obligado a entregar el Seno de Soraya a mi sobrina.

Sin perder su sonrisa, Pablo le respondió:

—Debiste haber estudiado mejor la historia de tu supuesta tribu, Irat.

Esa organización que calificas de terrorista, Renacer Lawata, no pudo haber asesinado al imán.

Ignoras que Daur el líder de Renacer Lawata es el hijo del mismo imán Moad:

¡El señor Daur, aquí presente, también es el secretario de Farid!

Padre e hijo han tenido fama de pacifistas. Renacer Lawata es una organización que nunca ha recurrido a la fuerza ni a la violencia.

Aunque ustedes, para consumar su estafa, han tratado de hacer creer que Renacer Lawata es un grupo de terroristas.

Nadie ha recibido comunicación alguna de Renacer Lawata exigiendo el supuesto pago del rescate.

—Nos da lo mismo.

No nos importa quién mató a Moad. Ni que Daur sea su hijo.

Lo que cuenta es que ese imán no está vivo y que no revocó ni jamás podrá revocar la consagración.

—A mí, que gracias a Dios no soy miembro de tu supuesta tribu, ni soy de tu religión, sí me importa la muerte del imán.

Y a la policía francesa, también, pues ese cobarde asesinato tuvo lugar en París.

Pero te tengo una buena noticia, Irat: el imán Moad sí revocó la consagración antes de morir.

—¿Crees que podrás engañarnos?

¡No me vengas ahora, detective, con el cuento infantil de que él les dio esa a información privadamente, poco antes de partir al aeropuerto, en la habitación del hotel, cuando Clayton y tú lo visitaron!

—¿Y cómo sabías tú, Irat, que <u>Robert</u> Clayton y yo nos reunimos con el imán el mismo día de su muerte?

—Me lo dijeron en el hotel.

—Clayton y yo fuimos a visitarlo a escondidas, Irat.

Solo él y sus asesinos pudieron enterarse de que estuvimos ese día en la habitación 61. Él mismo nos pidió mantener en secreto la reunión, porque sabía que tus hombres lo estaban acechando.

Pero ya que eres tan formalista, Irat, me es grato informarte que el imán Moad revocó por escrito la dote.

—¡Pruébalo!

—¡Con mucho gusto!

Pablo se dirigió a su esposa, que estaba sentada en la última fila del público presente:

—Querida, ¿podrías prestarle al comisario Lindt la hermosa jarra que el imán Moad te envió de regalo, minutos antes de que cobardemente lo asesinaran?

—Sí, Pablo.

Magda la entregó a Lindt:

—Esta bella y antigua *dallah*, me la envió de regalo el imán Moad, señor comisario. El señor Clayton y mi esposo pueden dar fe de ello.

Soraya soltó una grosera carcajada:

—¿Una jarra? ¿Con eso, esa descerebrada pretende probar que Moad revocó la consagración del rubí como mi dote? ¡Está loca! ¡Sáquenla de la sala!

Sin saber lo que el detective perseguía al promover tan extraña prueba, Lindt, con la *dallah* en la mano, preguntó a Pablo:

—No entiendo, Morles, ¿qué se supone que debo hacer con esta jarra?

—Abrir la gaveta que tiene abajo. Se utiliza para guardar el cardamomo cuando uno prepara el café árabe.

El café arábigo es un poco fuerte y amargo, y se toma de pie, hasta tres tazas por persona, pero...

Clayton llamó la atención a Pablo:

—¡Al grano, Pablo! Lo del café puedes explicárselo después...

—Ah, sí. Magda quiso prepararme un café al estilo árabe, y recordó que Moad le había mandado a decir que el cardamomo se guardaba en esa pequeña gaveta.

La abrió y encontró debajo de los granos de cardamomo y de otras especies, un pequeño sobre cerrado.

Poco antes de venir a esta sala, pedimos al señor Daur que abriera el sobre ante un Notario y que tradujera el pequeño documento que contenía.

Resultó ser la declaración de la nulidad absoluta de la consagración, por no haber cumplido la prometida con las condiciones y ritos exigidos por su religión.

Soraya exclamó, furiosa:

—Esa declaración no tiene valor jurídico, sino religioso.

Yo ni siquiera pertenezco a esa religión.

¡Soy la dueña del rubí y tengo derecho a poseerlo!

Pablo le retrucó, de inmediato:

—¿No perteneces a la religión del imán?

Tenía entendido que, según las anticuadas leyes de la tribu de Farid, solo los creyentes de esa religión pueden contraer válidamente matrimonio. ¿No es así?

Soraya no supo qué responderle. Irat le reclamó algo, en su idioma.

Los abogados de la prometida pidieron que se dejara constancia en acta de su enérgica protesta, por el hecho de que Pablo había llevado la investigación a un plano religioso.

## Bellos destellos

Brown expresó:

—Muchas gracias, Morles, Debo confesarle que cuando lo conocí dudé de que se mereciera la fama internacional que tiene.

Sin embargo, y aunque no conviene a mi representada, la compañía aseguradora, y a pesar de haber sido yo mismo uno de los testigos presenciales de la ceremonia, en honor a la verdad, me permito indicarle que aún no tengo claro cómo y cuándo Blanka y Cinta supuestamente sustituyeron el Seno de Soraya por el pedrusco.

Todos vimos que el rubí sí estaba dentro del cofre cuando Farid lo entregó a Soraya.

Las filmaciones constituyen prueba de eso: en ellas aparece el rubí dentro del cofre segundos antes de que se convirtiera en pedrusco.

¿Podría explicarnos por qué usted afirma que las vestales lo habían sustituido antes, y que, en el momento del ofrecimiento, lo que estaba dentro del cofre era el pedrusco y no el rubí?

—Encantado, Ray. Al principio yo también pensé como tú.

No obstante, después de revisar contigo, cuadro por cuadro, las filmaciones de ese momento, constaté que lo de la "transformación" no era cierto.

Me había llamado la atención el hecho de que todos los testigos aseguraron que en ese preciso instante el rubí sí se encontraba dentro del cofre, porque habían visto salir rojos reflejos del interior del cofre e incluso iluminar el lindo rostro de la "doncella".

Lógicamente, Farid, Blanka y Cinta afirmaron que estaban absolutamente seguros de haber visto el Seno de Soraya dentro del cofre, porque ellos tres fueron los artífices del engaño visual.

No les convenía declarar lo contrario.

Sus "autorizadas" opiniones y el hecho de ser quienes más cerca estuvieron de la gema, indujeron a los demás a "ratificar" que sí habían visto el Seno dentro del arca justo en el momento de la entrega y segundos antes de que se transformara.

Adicionalmente, casi todos los presentes eran amigos e invitados de Farid.

Habría sido de muy mal gusto que ellos se atrevieran a desmentir al joven empresario.

Eso habría sido equivalente a afirmar que él había incumplido su obligación de entregar el Seno a su prometida.

Farid era el único experto en rubíes que se encontraba en el lugar.

El mismo Polter no era un gemólgo, sino un comerciante de piedras preciosas, que recurría a expertos cuando los necesitaba.

Las declaraciones que inicialmente tomé en cuenta fueron las de los testigos Moad, Daur, Emma, Zulay, Polter, Sue y Joanna; así como también las de Soraya e Irat.

Pero para mí, el más indicador e importante de esos testimonios fue el tuyo, Ray, porque fuiste el único que aportó pruebas gráficas de lo que habías visto o de lo que creíste ver.

Casi todas las declaraciones tuvieron como denominador común la afirmación de que, en ese instante, es decir, el de la apertura del cofre por parte de la prometida, los testigos presenciales habían visto salir del cofre ritual el rojo resplandor del Seno de Soraya.

Esa afirmación indujo a los testigos no comprometidos en "el cambiazo", a pensar de buena fe que ese rubí sí se encontraba en ese instante dentro del cofre.

Ello implicaba que sí había sido formalmente ofrecido a Soraya, aunque después, por un extraño sortilegio, ese rubí se había transformado en una piedra común.

El testimonio de Elis, el jefe de seguridad fue sincero: me dijo que estaba más pendiente de controlar y vigilar a quienes pudiesen entrar a la sala que de la entrega del rubí; y que, por tanto, no podía decir que lo hubiese visto en el momento de la entrega.

No obstante, Elis afirmó que sí lo observó con mucho detenimiento y admiración mientras estuvo expuesto a los asistentes, minutos antes del ofrecimiento.

Por su parte, Sue, la simpática y colorida secretaria del señor Polter, reconoció que no lo había visto, pero que eso no quería decir que no estuviera dentro del cofre, porque a pesar de sus enormes y lindos azules, ella era miope.

Joanna declaró que solo había visto dentro "algo rojo", porque cumpliendo sus funciones protocolares había quedado alejada del lugar donde estaban los promitentes.

Esas circunstancias, Ray, hicieron que prestara mayor atención a las imágenes que habías tomado durante el acto de la entrega de la dote.

Cuando tuviste la gentileza de proyectarnos, cuadro por cuadro, esas, me llamó la atención observar que era cierto lo de los rojos reflejos que muchos admiraron.

Lo poco que podía verse del "rubí" que supuestamente los emitía era una masa oscura: el pedrusco.

Una cosa son los rayos luminosos; y otra, los objetos que los proyectan o reflejan.

Entonces me pregunté:

—*¿Cómo pudo un objeto opaco, como el que estaba dentro del cofre, proyectar esa luz roja?¿Qué luz podía reflejar el rubí, si según algunos testigos estaba prácticamente en la zona más oscura de la sala?*

Llegué a la conclusión de que la fuente de la luz no era la piedra que estuvo dentro del cofre en el momento de la entrega, sino otro objeto.

¿Pero cuál? En de ese envase ritual no cabía otro objeto, distinto de la piedra opaca que casi todos supusieron que era el rubí.

Deduje que la fuente de luz tenía que provenir de un cuerpo externo al cofre, pero tan próximo que pudiese dar la impresión de que los rojos rayos salían de la piedra opaca que estaba adentro.

En una de las fotografías que me enseñaste, un punto rojo llamó mi atención.

A primera vista parecía uno de los tantos reflejos que había proyectado el "rubí" antes de transformarse. Ese punto estaba sobre el anillo de Farid.

Como es sabido, en la ceremonia los prometidos debían llevar en sus dedos anulares, los anillos de sus respectivas estirpes; anillos que intercambiarían después, como símbolo de la unión de los dos clanes.

Mientras Robert, Lindt y tú se burlaban de mí, creyendo que hacía un "teatro" para impresionarlos, estudié a fondo ese punto, y llegué a la conclusión de que no podía ser un reflejo, sino la fuente misma de la luz.

Era imposible que ese punto fuese un reflejo del objeto que estaba dentro, porque el rayo lumínico, para pegar en el dedo anular de Farid, habría tenido que atravesar las paredes metálicas del cofre, que estaban entre el pedrusco y el dedo de Farid.

La conclusión era obvia:

Esos rayos rojos no habían salido del interior del cofre ritual, sino que habían ingresado a él desde el exterior del mismo.

Para confundir a los testigos no comprometidos en la patraña de la transformación, Farid había insertado en su anillo dotal un diodo emisor de luz o *led*, igual a los que hoy traen algunos zarcillos, prendedores, llaveros y bolígrafos; el cual podía encender y apagar a voluntad.

Ese diodo emisor de luz fue el creador de los sorprendentes y hermosos rojos reflejos que supuestamente emitía el ausente Seno de Soraya.

Pablo se dirigió al empresario:

—¡Felicitaciones, Farid!

Utilizaste un mecanismo simple, barato y eficiente para que los no involucrados en el engaño creyeran de buena fe, afirmaran y hasta juraran, que habían visto el valioso rubí dentro del cofre.

A nadie le pareció fuera de lugar que llevaras ese anillo. Además, no quedó vestigio alguno de la minilinterna, porque te la llevaste en tu dedo.

La verdad fue que las vestales habían retirado previamente el rubí, cuando cerraron el cofre para que el imán lo sellara y lacrara.

Les fue fácil, porque eran dos.

Cinta tapó a Blanka cuando hacía la sustitución.

Y Farid se colocó de un modo tal que obstruyó aún más la visión de los demás testigos.

Cuando Soraya abrió el cofre, Farid encendió la minilinterna y alumbró el pedrusco.

La encandiló dirigiéndole la luz directamente a la pupila y, al apagarla, involuntariamente iluminó el techo.

Eso se observa claramente en la filmación.

# Prisión para Morles

Los abogados de Soraya e Irat se dirigieron a Lindt y le solicitaron, en nombre de sus clientes, copia certificada del acta en la cual constaba que Pablo había ofendido a la prometida, llamándola supuesta doncella; y que, incluso, había llegado al extremo de afirmar que los hombres de Irat habían dado muerte al imán Moad.

Señalaron que interpondrían una denuncia formal contra Pablo Morles por tan infundadas aseveraciones.

Pablo les respondió:

—Sé que ustedes forman parte de una reconocida firma internacional de abogados, y estoy seguro de que, a diferencia de sus representados, proceden de buena fe.

Uno de los abogados le preguntó:

—¿Está usted imputando a nuestros clientes que proceden de mala fe?

Esa es otra ofensa, inspector.

Le concedemos la oportunidad de retractarse públicamente de lo dicho.

De otra manera, nos veremos obligados a proceder judicialmente en su contra, tanto mediante acciones penales como civiles.

—Les agradezco su gentileza, caballeros.

Pero no retiraré ni una palabra de lo que he afirmado en este acto con relación a sus supuestos clientes.

—¿Supuestos? Si lo desea, podemos exhibirle y darle copia del poder que nos otorgaron.

—No es necesario. Sé que ustedes tienen ese documento. El problema es que nada vale.

—¿Por qué? Nos fue otorgado ante un notario público.

—¿Por qué no oyen primero mi versión?

Después, si quieren pueden denunciarme. Les garantizo que tengo informaciones que, de haberlas conocido, no habrían aceptado representar a esa mujer y a ese hombre.

—¡Está bien! Lo oiremos, sin compromiso alguno.

—Gracias. ¿Sabían ustedes, abogados, que anoche dos hombres intentaron asesinarme al salir de una farmacia?

—No, inspector.

—Ambos están detenidos en el sótano de este mismo edificio. Pueden conversar con ellos más tarde.

Esos sicarios, fueron los mismos que se llevaron al patriarca Moad de su hotel, sacándolo de la habitación donde se encontraba conversando con el señor Robert Clayton, presidente del Comité Ejecutivo de Interpol, y conmigo.

Montaron al imán en un taxi, que a los pocos minutos explotó causando la muerte del imán y del taxista, y graves lesiones a dos funcionarios de la policía nacional francesa.

—Vimos algo de eso en los noticieros.

—Resultaron ser dos hombres nativos de Myanmar, que con falsos pasaportes turcos ingresaron a Francia en la misma fecha, avión y aeropuerto que sus mandantes, Soraya e Irat.

El otro profesional del Derecho expresó:

—Eso pudo ser una coincidencia, inspector.

—Sí, claro. El problema es que esos matones declararon que Soraya e Irat los habían enviado para eliminarme.

No lo lograron, pero arruinaron un viejo traje mío que era el preferido de mi esposa; y a mi abrigo le abrieron con una filosa daga un enorme hueco por el cual podía sacarse una mano.

Pero no reclamaré a sus clientes esos daños a mi vestuario personal, porque el señor Clayton me reemplazó el traje y el abrigo por unos mucho mejores.

—¿Tiene usted prueba de eso?

—Sí. El señor Clayton tiene las facturas de la tienda de la Avenida de los Campos Elíseos en la cual me los compró. Creo que lo estafaron, porque el precio fue demasiado alto. Si hubiéramos caminado un poco más, o tomado el Metro...

—Perdón, inspector. Nos referimos a la confesión de quienes lo atacaron.

—Ah. Eso está en el expediente. El acta fue firmada por los sicarios frente a un fiscal del ministerio público.

En ella, expresamente confesaron que, siguiendo instrucciones de Soraya e Irat, colocaron en la parte baja del taxi una bomba magnética, la cual detonaron a control remoto para acabar, como en efecto lo hicieron, con la vida del patriarca.

—¿Cuál fue el motivo?

—Dijeron que era para impedir que el imán revocara la consagración de la dote.

De modo, señores, que la supuesta donce- lla Soraya y su no menos supuesto tío, fueron los autores intelectuales del crimen del buen imán Moad.

También fueron los autores intelectuales del atentado en mi contra, pero no pro- moveré cargos contra ellos por ese res- pecto.

—Solo por curiosidad, señor Morles ¿Por qué no?

—Porque tendría que demandar por la misma razón a mucha gente.

Los dos profesionales leyeron la declaración, y expresaron a Morles:

—Tenía usted razón, inspector.

De haber leído antes estos documentos, jamás habríamos aceptado representar a Soraya o a Irat.

¡Renunciaremos a ese poder!

—Creo que antes de renunciarlo deberían oír nuestra historia hasta el final.

Hay otras cosas que podrían interesarles.

Quizás se eviten las molestias de la renun- cia. La verdad es que ni Soraya ni Irat pu- dieron haberles otorgado poder alguno.

# Códigos genéticos

El comisario Lindt pidió a Morles que continuara con su exposición.

—Volviendo al tema de los sicarios que detuvimos, Pierre, me extrañó que ambos tuvieran falsos pasaportes turcos, expedidos el mismo día en Ankara, la capital de Turquía. Como sabes, los dos confesaron ser naturales de la República de Myanmar.

El solo hecho de haber ingresado a Francia con falsos pasaportes, bastaba para meterlos presos.

—Cierto.

—Recordé entonces que Myanmar es famosa por muchas cosas, entre ellas, sus bellos paisajes, sus lindas bailarinas, su ausencia de apellidos, su extraño sistema monetario no decimal, y, lo que más llamó mi atención, es uno de los lugares donde se han encontrado grandes y bellos rubíes.

De allá, es el famoso rubí conocido como "Amanecer", que fue considerado el mayor del mundo hasta que se descubrió el "Seno de Thiri"; y que readquirirá su primer puesto, caso de no reaparecer "el Seno".

También de Myanmar son famosos, no por su tamaño, porque son mucho más pequeños, sino por ser una pareja de idéntico color, los rubíes gemelos denominados "los claveles de Afrodita.

—Pero hay mucho más: El parecido físico de los matones, me hizo sospechar que fuesen hermanos.

—¿Y lo eran?

—No, Pierre. ¡Me equivoqué!

No eran hermanos. Pero sus rasgos físicos me recordaron a los de otra persona: Irat, el tío de Soraya.

Solicité que compararan los ADN de los matones con los del tío y los de su sobrina.

Tampoco los sicarios resultaron ser parientes cercanos de ellos, aunque tuvieron algunas lejanas coincidencias genéticas, pues eran naturales de la misma región.

Adicionalmente había pedido comparar el ADN de Irat con el de su sobrina Soraya, para confirmar una ligera sospecha.

Y ¡Bingo! ¡Los exámenes comprobaron que eran padre e hija!

Lógicamente, me pregunté:

—*¿Por qué Irat se hace pasar por el tío de Soraya, si en realidad es su padre?*

La respuesta era obvia: —*Porque el padre de Soraya era Keled, quien fue un líder de los de su tribu y existían varios coetáneos que lo habían conocido personalmente y muchas fotografías de él.*

Me pregunté de nuevo: —*¿Entonces, ¿quién es Irat?*

Pedí a Interpol que me averiguara, a través de sus oficinas en Myanmar a quién correspondían las huellas dactilares y el código genético de la persona que se hacía pasar por el tío de Soraya.

Poco después me respondieron

> —*Ese código genético corresponde a un minero de 53 años, denominado Zeya, quien es buscado por las autoridades de Myanmar por varios crímenes y robos.*
>
> *Zeya estuvo casado con una mujer hermosa y violenta, llamada Thiri, quien falleció hace años en una pelea por el reparto de un botín.*
>
> *Zeya y Thiri tuvieron una hija llamada Istmar, a quien él utiliza como anzuelo para pescar a sus víctimas.*
>
> *El código genético de Istmar coincide con el de la persona que usted identifica como Soraya.*

Morles continuó:

—Además, casualmente, ese Zeya, es el mismo minero que descubrió el Seno de Thiri, llamado así en honor del amplio y cálido espacio donde la gema estuvo escondida; piedra que después Farid bautizó como el Seno de Soraya.

Istmar, la hija de Zeya y de Thiri, está en este momento en esta sala, haciéndose pasar por doncella y por Soraya, la difunta hija de Keled y de Tyya. Istmar está exigiendo a Farid que le entregue el Seno de Soraya y que le pague una indemnización por los gratos momentos pasados con el señor Frank Polter.

Zeya jamás se resignó a "perder" el rubí que él y Thiri robaron de la mina y que contra su voluntad tuvieron que devolver a sus entonces legítimos dueños. El minero siguió el rastro al Seno y, para "recuperarlo", hace unos meses vino con su linda hija, a quien hace pasar por su "sobrina" Soraya, a pesar de que esta, siendo una niña, murió hace 20 años en Damasco, cuando su tribu fue exterminada por los tuaregs.

El comisario Lindt preguntó extrañado a Morles:

—¿Estás seguro de lo que acabas de decir, Pablo?

¿Entonces la mujer que está aquí y que dice ser la prometida de Farid no es en realidad Soraya, sino Istmar?

—Sí, estoy completamente seguro.

En el famoso incendio de la suite 2, en el cual fungí de heroico bombero voluntario, pude constatar que esa "doncella" y un amigo dormían juntos.

Fui autorizado por ellos para llevarme los restos de comida que habían dejado en la habitación, y ordené hacerles exámenes de ADN.

Hasta me dieron 10 euros de propina por llevarme esa basura.

Los resultados confirmaron mis sospechas.

Pero si te queda alguna duda, bastará con que compares los códigos genéticos que nos envió Interpol con los de los impostores aquí presentes.

Si esa pareja se opone a que les hagan una formal prueba genética, puedes conseguir una orden judicial que los obligue a ello.

Zeya e Istmar están en la lista de buscados por Interpol, pues son estafadores internacionales y tienen varias víctimas mortales en su haber.

Los dos sicarios que anoche trataron de matarme, revelaron que Zeya planificaba que Farid sufriese un "accidente" mortal, poco después de la boda, para que lo heredara su "viuda", la falsa Soraya.

También confesaron que proyectaban eliminar a Blanka en ese mismo accidente.

Con sus lloros, Soraya trató de convencernos de que sí lo amaba, pero esas lágrimas eran artificiales. Su interés era apoderarse no solo del rubí, sino de todo el grupo Akram.

# Las conclusiones de Pablo

Pablo dijo que le extrañó que la mujer que decía ser Soraya no hablara el dialecto árabe de la tribu de Keled, ni el turco, a pesar de que supuestamente había pasado dos décadas viviendo en Turquía.

En realidad, la vida de Istmar había transcurrido casi totalmente en Myanmar, su país natal, por lo que no era árabe ni turca.

Por eso, según Cinta, que entendía el lenguaje birmano, era ese el idioma que la falsa Soraya usaba para comunicarse con su supuesto tío.

Pablo continuó:

> —Sin saberlo, Blanka con sus muy justificados celos destruyó la estafa que Zeya e Istmar habían programado.
>
> Desde que vi a Blanka, y me enteré de que, por la "resurrección" de Soraya, había dejado de ser la prometida de Farid, sospeché de ella.
>
> Supuse que la transformación del rubí había sido una lógica y saludable artimaña que la prima de Farid había desarrollado para evitar que el joven se casara con su atractiva rival.
>
> Nadie podía tener más interés que la desplazada prometida para frustrar esa boda.

Además, la truculenta historia de la transformación del rubí más hermoso y valioso del mundo en una sucia y vulgar piedra, revelaba que la persona que había realizado ese cambio no solo estaba interesada en la desaparición de la piedra, sino en vejar a la mujer que recibiría la dote.

Esa artimaña me indicó que fue consecuencia de una gran dosis de celos; y apuntó claramente a Blanka como partícipe de la desaparición.

En efecto, Blanka vivía un hermoso cuento de hadas, lleno amor, juventud, felicidad, lujo y dinero.

Sin embargo, como en todo cuento de esa naturaleza, surgió una envidiosa bruja, que quiso arrebatarle a su amado príncipe, y, de paso, un rubí de 50 millones de euros.

Esa bruja no era fea, sino una lindísima rival, tan sensual o más provocativa que la misma Blanka.

La prima presentía que Farid estaba a punto de comerse esa deliciosa y envenenada manzana; lo que exacerbó sus celos, por lo que no se conformó con impedir la boda, sino que también se propuso humillar a su contendora.

Por otra parte, el señor Frank y su graciosa "secretaria" Sue, llegaron al hotel y ofrecieron a una elevada suma al jefe de vigilancia, Elis y a la encargada del protocolo, Joanna, para que los ayudaran a encontrar el rubí.

Confiaban en que el Seno de Soraya apareciera, y a espaldas de Irat, habían entrado en negociaciones con Soraya, para que esta les vendiera el rubí.

Si lograba "recuperar" el rubí, Soraya dejaría por fuera a su tío.

Tratando de ganarse la recompensa ofrecida por Frank, Elis y Joanna separadamente entraron en la suite de Soraya.

No encontraron el rubí allí, porque estaba en otro lugar.

Elis, Frank y Sue perdieron su tiempo buscándolo: el Seno jamás volvería a ser de la prometida que recibió el pedrusco.

Dadas las medidas de seguridad destinadas a la protección del valioso rubí, era obvio que, para poder sustituirlo por una ordinaria piedra, Blanka tuvo que haber contado, no solo con el apoyo de Farid, sino también el de Cinta.

En efecto, solo ellas podían tocarlo después de ser consagrado como dote.

No sé cómo hizo Blanka para librar a Farid del poderoso hechizo de Soraya; ni cuáles fueron los dulces recursos que utilizó para convencer a su primo de que colaborara con su alocada estrategia, pero es indudable que logró hacerlo.

Con estrictas medidas de seguridad, bóveda y caja de seguridad incluidas, Farid intentó evitar que se sospechara de la estrategia urdida por su prima, pues en teoría nadie habría podido hacer la sustitución, ni siquiera él.

Blanka trató de que su crédulo pueblo considerase ese cambio como una señal de que los espíritus no querían que Farid se casase con Soraya.

Me llamó también la atención la circunstancia de que Farid no volviera hablar de su supuestamente secuestrado hermano, a pesar de que el plazo para su ejecución estaba corriendo.

Otra cosa que señalaba a Farid como coautor del "cambiazo" fue que renunció anticipadamente a cobrar cualquier indemnización por el "hurto".

Sin embargo, lo hizo, porque siempre ha sido un hombre honesto y jamás pretendió lucrarse con la desaparición del Seno de Soraya.

Clayton observó:

—Pero no solo Soraya reclamó el pago del seguro, Pablo:

También Renacer Lawata exigió la misma cantidad para devolver el rubí.

—Renacer Lawata, es una organización que de terrorista tiene lo que yo de chino, Robert, y jamás hizo esa exigencia. Lo de la participación de esa supuesta célula terrorista fue un rumor que hicieron correr los estafadores para ver si además del seguro cobraban un rescate.

Creo que nuestro amigo Pierre Lindt exageró algo lo de Renacer Lawata para hacernos venir y justificar la intervención de Interpol.

Apenado, el comisario Lindt, expresó a Robert y a Pablo:

—Les confieso que es posible que haya exagerado un poco las vagas e infundadas informaciones que recibí, pero lo hice con la única intención de hacerlos venir, ya que los necesitaba.

Nunca había tenido un caso como este, y el padre de Farid fue un buen amigo mío.

Pablo concluyó:

—En resumen, amigos:

1. Lo más probable es que el consejo de ancianos de la tribu declare que el pacto matrimonial suscrito entre Akram y Keled, se extinguió hace varias décadas, cuando murió la verdadera prometida, la niña Soraya Keled, pues esa niña aún no ha resucitado.

2. En el supuesto de que yo esté equivocado y de que la preciosura que pronto se llevarán presa los agentes de Lindt, sea realmente la hija de Keled, tampoco sería válido ese compromiso, porque ella no es virgen; y ese es uno de los requisitos de la religión de la tribu de Akram para la validez y vigencia del pacto.

Quizás las cámaras del pasillo de las suites 2 y 3, y el señor Frank Polter podrían suministrar mayores informaciones al respecto.

El hotel tiene un buen servicio de cámaras ocultas de vigilancia.

A Como comerciante de piedras preciosas, a Polter le conviene aclarar algunas cosas que podrían dañar su prestigio.

Las investigaciones a través de Interpol comprobaron también que la bella Istmar tiene antecedentes en su tierra natal por haber seducido y estafado a un adinerado amante, en complicidad con Zeya.

Istmar estaba también detrás de la fortuna del acaudalado depredador Frank, quien terminaría siendo un cazador cazado.

3. En mi opinión, y a reserva de que el consejo de ancianos declare otra cosa, el otro compromiso, el que obligaba a Farid y a Blanka a contraer matrimonio, era y sigue siendo el único válido de acuerdo con las leyes y costumbres de la tribu de Akram.

4. Pero como ella vio el rubí, Farid, entre otras cosas, tendrá que darle una nueva dote.

5. La compañía de seguros nada tiene que pagar a Istmar ni a Zeya, ni a sus supuestas y falsas identidades de Soraya y de Irat; pero sí puede reclamar a esa pareja de estafadores los daños y perjuicios que le causaron.

6. La aseguradora tampoco tiene que indemnizar a Farid por la pérdida del Seno, porque el rubí no fue hurtado, ni robado, ni se perdió por causa extraña no imputable a él, sino que fue cambiado por la celosa Blanka, como parte de una maquinación de la que Cinta y el mismo Farid, entre otros, fueron coautores.

Esa maquinación, por cierto, fue totalmente justificada, pues había habido suplantación de la prometida.

No obstante, estoy seguro de que Farid no se habría quejado si se quedaba con la otra, es decir, con Istmar, ya que ambas mujeres son extraordinariamente bellas.

7. La empresa de seguros ni siquiera tiene acciones penales contra Farid, porque este jamás tuvo la intención de reclamarle indemnización alguna por la pérdida del rubí; y eso está más que probado, pues de manera expresa, previa y escrita Farid había renunciado a todo pago por tal respecto.

Fue Istmar, en complicidad con su padre Zeya, quien pretendió cobrar la indemnización para estafar a la empresa de seguros; y esa estafa se evitó y descubrió gracias a la denuncia de "su prometido".

8. Nadie puede objetar o reclamar a Farid que haya sustituido una piedra por otra, ya que tanto el rubí como el pedrusco eran de su exclusiva propiedad.

9. Tampoco puede haber acción alguna contra las vestales, por haber colaborado en esa sustitución.

Como antes dije, esa actuación fue totalmente legítima, ya que ellas fueron previa
y expresamente autorizadas por el dueño
de ambas piedras.

10. Aclaro que no tuve oportunidad alguna
de revisar los seductores senos de Istmar,
para averiguar si dentro de uno de ellos,
la escultural joven, siguiendo el ejemplo
de su madre, había escondido ese mismo
rubí. Tampoco tuve ocasión de degustar
los duraznos de Sue.

## ¿Y el Seno de Soraya?

Farid pidió permiso para hablar:

—Gracias, señores, especialmente a Pablo, a Robert y Pierre, por haber solucionado este caso, que por momentos consideré insoluble.

En justicia y razón ese rubí debía ser de Blanka, porque lo compré para ella y porque es la mujer a quien amo.

La súbita e inesperada aparición de la falsa Soraya, me obligó a trazar la estrategia que el inspector Morles expuso y a cambiarle el nombre al Seno.

Como bien lo señaló el mismo Morles, ese fabuloso rubí no podrá ser objeto de la dote que le daré a Blanka, no solo porque ella ya lo vio y tocó, sino, principalmente, porque con mi total aprobación y beneplácito, de manera irrevocable lo donó a la ciudad de París.

Conmovido por lo que consideró un generoso gesto hacia su ciudad natal, el comisario pidió a los presentes un fuerte aplauso para el joven empresario y para su futura esposa.

Las risas de Morles resonaron en toda la sala. Extrañado, Pierre preguntó:

—¿De qué te ríes, Pablo?

¿De esa magnífica donación?

—Veo, amigo, que no entendiste bien lo que Farid quiso decir con lo del regalo a la ciudad de París...

Fue Blanka quien aclaró lo dicho por Farid:

—La idea de cambiar el Seno de Soraya por un feo y tosco pedrusco, fue mía.

Fue una reacción originada por los celos. Lo confieso. No me fue difícil convencer a Farid.

Le demostré que era superior, en todo, a la falsa Soraya.

Logré hacer el cambio de la gema por el pedrusco e inmediatamente le pasé el rubí a Cinta.

Ya todos habían visto y admirado el rubí durante varios minutos y nadie sospechó que podíamos hacer eso.

Además, Cinta, Farid y yo formamos una especie de barrera con nuestros cuerpos para impedir que los demás pudiesen ver el momento de la sustitución.

Cinta aprovechó el escándalo que se produjo durante la entrega, para esconder el rubí en una de las jofainas o jarras de boca ancha, que se habían utilizado para las abluciones.

El cofre, con el pedrusco adentro, una vez cerrado por nosotras, fue sellado y lacrado por el imán Moad.

Creo que él vio o llegó a sospechar algo, porque me sonrió con un aire de complicidad mientras colocaba los lacres y los sellos.

Como es lógico, los ojos de todos estaban concentrados en el cofre que Farid entregaría a la falsa prometida, no en nuestras personas.

Cuando Soraya abrió el cofre lo que estaba en el interior de este era el pedrusco, aunque gracias al artificio de la luz roja proveniente del anillo de Farid, ella y varios más lo confundieron con el extraordinario rubí que poco antes había sido exhibido.

Después de la "transformación" del rubí, Todos fuimos revisados.

La falsa Soraya nos revisó exhaustivamente, especialmente a Blanka y a mí, pero no lo teníamos encima.

Además, adrede, las vestales habíamos llevado trajes muy cortos y ceñidos, sin bolsillos ni espacio alguno para que nadie pudiese pensar que lo escondíamos en nuestros vestidos.

Farid pidió que lo revisara la misma Soraya, a fin de desviar las sospechas hacia otros invitados a la ceremonia.

Siguiendo instrucciones del patriarca, Cinta retiró del lugar los objetos rituales, incluyendo la jarra o jofaina dentro de la cual poco antes había escondido el Seno de Soraya.

Nadie revisó esa jarra, porque solo las vestales podíamos tocar los objetos ceremoniales.

Cinta trasladó el Seno a su habitación; y allí lo destruimos, utilizando una pesada piedra, que servía de adorno al jardín.

Nos costó bastante, pues el rubí era duro, pero la habitación de Cinta, situada en la planta baja del hotel, tenía un gran ventanal hacia el jardín de la piscina y se encontraba alejada del área de las suites, ubicadas en los últimos pisos de las torres.

Si alguien oyó nuestras risas y gritos de alegría, seguro que pensó que eran parte de la celebración del acto de entrega de la dote.

Luego, botamos los fragmentos del rubí en el wáter e hicimos que el agua se los llevara por las cloacas de París.

¡Lo único que entonces lamenté fue que contaminamos el rio Sena!

Pero hoy entiendo que fue una locura. No debí hacerlo.

Pensé que a quien perjudicaba era a Istmar, la falsa Soraya, no a Farid.

De no haber sido por ella, ese rubí habría sido mi dote.

¡Perdón, Farid! No me di cuenta del enorme daño que te estaba causando. Pero llegué a odiar a esa gema.

Farid le respondió:

—No te preocupes, querida, para mí tu amor vale mucho más que las joyas de todo el universo.

Dirigiéndose a los asistentes, el joven empresario reafirmó lo dicho por la joven:

—¡Sucedió tal cual como lo oyeron, amigos!

Poco después de la sustitución, ellas dos destruyeron el Seno de Soraya:

Lo hicieron pedazos y se lo regalaron a la ciudad de París, que ahora tiene un más hermoso río Sena, con tonalidades y reflejos rojizos.

Blanka y yo nos casaremos dentro de pocos días y le entregaré otra dote, digna de ella, que espero que no termine como el destrozado Seno.

¡Están todos invitados! Deseamos que nos acompañen y compartan con nosotros la alegría de ese día.

Los hombres de Lindt discretamente se habían llevado del lugar a la pareja de impostores, para someterlos a juicio conforme a las leyes francesas.

# El puente de la bondad

Al terminar la reunión, Magda se acercó al imán Daur y le dijo:

—No tuve el honor de conocer a su distinguido padre, señor, aunque puede tener la seguridad de que siempre rogaré por él con los rezos y oraciones de mi religión.

—Gracias, señora Magda. Igual haré yo por usted y por el inspector Morles, en mis oraciones.

En nombre de mi difunto padre, en el de todos los miembros de la estirpe de Akram, y en el mío propio, les agradezco habernos salvado de tan gran deshonra.

—Es nuestro deber devolverle la jarra que nos obsequió su padre.

Me la envió en un estado de necesidad. Es un antiguo objeto ritual de gran importancia para ustedes y su valor económico es elevado.

No es justo que la tengamos nosotros, que profesamos otra religión.

—No, señora. Esa jarra era de la exclusiva propiedad de mi padre.

Fue una herencia que durante siglos se ha venido transmitiendo de generación en generación.

Es verdad que es muy valiosa desde todo punto de vista.

Sin embargo, la voluntad de mi padre fue donársela a usted, y yo no puedo desobedecerlo.

Él mismo me dijo en nuestra última conversación que se la había regalado.

Para transitar el puente de la bondad, no se requiere conocer en persona a quienes están del otro lado.

Él intuyó que su esposo y usted eran las personas indicadas, que sabrían cumplir su misión. ¡Y no se equivocó! ¡No lo defraudaron!

Para mi pueblo y para mí, es un honor que esa reliquia esté en tan buenas manos.

¡Guárdenla como un testimonio de gratitud de nuestra tribu hacia la familia Morles!

# Un pequeño ataque de celos

Morles escuchó la conversación entre Daur y Magda.

Se acercó a ellos y después de agradecerle sus palabras, en privado dijo al imán, dándole una palmadita en el hombro:

—¡Gracias, Giulio!

—¿Sabías quién era yo?

—Por supuesto. Te reconocí de inmediato en la fotografía.

Tienes los mismos ojos, cejas y ojeras de tu difunto padre.

Y la niñita de la foto, la que supuestamente murió en un ataque del ejército, es Blanka, tu querida sobrina.

¿Verdad?

—Sí.

—¡Todavía tiene la misma traviesa y retadora mirada…!

Cuando hablé con ella me dio a entender que acabaría con el rubí si llegaba a encontrarlo, y deduje que lo más probable era que ya lo hubiese destruido.

Sus bellos ojos la delataron: le brillaban de la alegría, orgullo y satisfacción por haber frustrado esa boda.

—Ja, ja, ja. No nos dio tiempo de evitar que destrozara el rubí, Pablo.

Blanka siempre ha sido algo impulsiva y celosa.

Además, si ella hubiese conservado el Seno de Soraya, jamás lo habría usado ni exhibido.

Hacerlo solo le habría traído malos recuerdos, y la vida que le espera al lado de Farid será muy grata para desperdiciarla reviviendo cosas desagradables.

¿Para qué sirve una piedra, por más bella que sea, si nadie podrá verla?

Mi sobrina tuvo un pequeño ataque de celos, de tan solo 50 millones de euros.

No obstante, nada se perdió, amigo: la felicidad de Farid y de Blanka nunca estuvo en esa fría piedra de color sangre, ni en su valor económico, sino en sus corazones...

—Sí, Giulio, tienes razón. Espero que ahora a Farid no se le ocurra entregarle como dote "los claveles de Afrodita", pues esas piedras rojas podrían traerle problemas.

—ja, ja. Eso no pasará, amigo. Te lo garantizo. Mi sobrina jamás podrá olvidar la trágica historia del "Seno de Soraya". Por nada del mundo querrá otro rubí.

# De regreso

Los Clayton se quedarían en Francia, pues residían en Lyon, pero acompañaron a los Morles hasta el aeropuerto donde estos abordarían el mismo avión privado que los había llevado a París.

Poco antes de que sus amigos subieran al avión, Judith exclamó, emocionada:

—Blanka fue muy hábil para lograr su

stituir el Seno de Soraya por un pedrusco. Farid tiene que amarla mucho para que no le importara la pérdida de un rubí de 50 millones de euros.

Clayton estuvo de acuerdo:

—Tienes razón, querida.

Pablo les contestó, sonriendo:

—¿Ustedes también creyeron ese cuento?

Judith preguntó a Pablo:

—¿Lo de la destrucción del Seno fue un cuento? ¿Entonces Blanka nos mintió?

—No. Ella no mintió, Judith. Es verdad que por amor y por celos destruyó el gran rubí que tomó al colocar el pedrusco en su lugar... Pero la piedra que destrozó no fue el Seno de Soraya.

Robert preguntó:

—¿Quién se quedó con el Seno de Soraya?

—Farid, ¿quién más?

—¿Cómo puedes estar tan seguro de eso?

—¿Crees, amigo, que un exitoso empresario perdería 50 millones de euros de esa tonta manera?

—Resulta difícil de creer...

Sin embargo, él mismo confirmó que lo narrado por su verdadera prometida había sido cierto.

—¡Te falta calle, Robert!

Ella contó exactamente lo que hizo; y fue sincera.

No obstante, Farid no nos dijo toda la verdad.

—¿Y qué fue lo que calló?

—Nos ocultó que antes de que la supuesta Soraya "resucitara" y de que Irat le exigiera entregarle la dote, él había ordenado a una firma especializada en réplicas de gemas que le hiciera una copia exacta del Seno de Thiri.

Cuando las gemas son valiosas, es frecuente que sus dueños utilicen copias sintéticas para los actos públicos o para cualquier eventualidad riesgosa.

Es posible, amigos, fabricar rubíes sintéticos de alta calidad utilizando el horno de Verneuil.

Para ello, en un crisol de platino se funden óxido de aluminio y óxido de cromo, finamente pulverizados, convirtiéndolos en pequeñísimas gotas que se cristalizan dentro del horno sobre una "semilla" de corindón, en un tubo especial.

Al sumergir bruscamente ese primer material en un líquido con el colorante adecuado, se producen fracturas o fisuras en el interior de la bola; lo que crea inclusiones muy similares a las que pueden observarse en los rubíes naturales.

Un rubí sintético, de forma y colores parecidos a los del Seno, fue el que Farid exhibió en el cofre ritual durante la ceremonia de entrega a su presunta "prometida".

Ninguno de los presentes, con excepción de Farid, estaba en capacidad de apreciar la diferencia entre el rubí natural y el sintético. Clayton exclamó, dubitativo:

—Es una suposición tuya, imagino…

—No, no es ninguna suposición, Robert. Eso fue exactamente lo que sucedió:

Cuando el imán Moad exigió a Farid que contrajera matrimonio con la supuesta Soraya, a pesar de que eso implicaba echar por tierra su compromiso con su prima, el joven no tuvo más remedio que aceptar para no ir en contra de las costumbres y normas de su tribu.

No obstante, él y Blanka se pusieron de acuerdo para impedir la boda, sustituyendo el rubí por un pedrusco, porque sabían que la otra prometida no se conformaría con aceptar una tosca piedra. El truco les funcionó porque el escándalo fue mayúsculo.

Moad siempre tuvo sus sospechas y desde luego quería que Farid se casara con su nieta, Blanka.

Judith exclamó, asombrada:

—¿Nieta? ¿Blanka era nieta del imán Moad?

—Sí, Judith. Recuerda que ella es sobrina de Daur, el hijo de Moad.

Como guía espiritual de ambas tribus, el patriarca se vio obligado a respetar el pacto que obligaba a Farid a casarse con Soraya.

Sus cómplices confesaron que la pareja de estafadores había planificado asesinar al empresario y a su prima para apoderarse del grupo.

Sin embargo, más pudo el amor que la atracción física:

Farid eligió casarse con su prima Blanca, y urdió con ella la artimaña de la "transformación" de la gema.

Lo que ignoraban Farid y Blanka, entre otros, era que la verdadera Soraya y su tío Irat llevaban más de 20 años bajo tierra en Damasco, y que Istmar y Zeya eran dos impostores que se estaban haciendo pasar por los difuntos.

Sin que ellos lo sospecharan, su amor les salvó la vida.

Moad descubrió algo que le hizo sospechar a última hora de la falsa Soraya, y por eso lo mataron.

El empresario no quiso poner en peligro la verdadera gema, no fuera que se descubriera la artimaña, y en su lugar colocó el rubí sintético.

Si Farid certificaba que ese era el Seno de Soraya, ¿quién podía dudar de eso?

Era el único experto en rubíes que estaba presente en la ceremonia.

Nadie más estaba capacitado en esa suite para descubrir que el rubí era sintético.

De modo que todos los demás asistentes, incluidas Blanka y Cinta, de buena fe, creyeron que estaban admirando el rubí natural más hermoso y valioso del mundo.

Blanka destruyó esa copia pensando que era el genuino Seno de Soraya; y hay que reconocerle que, de haber sido el rubí original, a ella le habría importado un comino perder una dote de 50 millones de euros.

¡Eso quedó comprobado!

Magda preguntó a su esposo:

—¿Entonces, Farid tiene todavía el verdadero Seno de Soraya?

—¡El genuino Seno ya no existe, Magda!

Pero no porque lo hubieran lanzado al Sena, sino porque, sin que Blanka lo supiera, Farid lo hizo cortar y dividir en dos magníficos rubíes naturales.

Clayton le preguntó:

—¿De dónde sacaste eso?

—El mismo Farid me dio la pista, cuando habló de los rubíes gemelos.

Por encargo del joven empresario, el mismo artista que originalmente talló el Seno de Thiri lo dividió en dos rubíes casi iguales.

Esa información la obtuve gracias a tus eficientes empleados de Interpol, a quienes encomendé contactar y hablar con ese experto.

Yo habría denominado a esos rubíes "los pezones de Blanka".

Farid eufemísticamente los vendió con el nombre de "los claveles de Afrodita", expresión que más o menos quiere decir lo mismo.

Desde luego, su valor como el hasta entonces mayor rubí tallado del mundo era muy superior al de la suma de los precios de los dos pezones.

Sin embargo, como buen comerciante, Farid se las arregló para vender la pareja a un solo cliente por un elevado precio.

Judith rio:

—¿Y por qué no contaste eso en la reunión donde todos estábamos?

—Porque me encantan los finales felices, y es posible que la revelación de esos intrascendentes detalles, hubiese podido impedir la boda de los jóvenes.

Además, en tal caso, probablemente Magda y yo habríamos tenido que devolver nuestra preciosa jarra a la familia del imán

Moad: recuerda que era el abuelo de Blanka.

Después de todo, el Seno de Soraya era de la exclusiva propiedad y posesión de Farid y él podía hacer con esa gema lo que quisiera.

Ahora París tiene una nueva leyenda: la del rubí más hermoso y grande del mundo, destrozado y arrojado al Sena por una novia celosa.

¡Dentro de poco los turistas se sumergirán en el río para ver o pescar algún fragmento del famoso "Seno del Sena"!

# Obras del mismo autor *

Colección de novelas "Casos del detective Morles"

1. Mansión Belnord
2. La dama del avión
3. Balas y flores en el fango
4. La boda de Klaus
5. Cuando la Muerte quiso ser bella
6. El secreto del señor Black
7. La Muerte aprendió a volar
8. No fue ella...
9. La joven de la ducha
10. El Sol de Monet
11. La mano asesina
12. Belinda
13. El Tigre Cebado
14. Stella, la novia provisional
15. El Seno de Soraya

Otras novelas

Ojos y piernas

Amarte en Marte (2ª Ed.)

Cuentos

El ángel de los ojos verdes
El postre de Dios
*The dessert of God* (edición en inglés)
El sensual cuerpo de Cristina
La increíble historia de miss Ester
El misterio de la calle 14
Amor guarimbero

La serpiente de plata
El mejor economista
La Princesa
La cruz y el alcalde

7 cuentos fugaces:
La alegría de vivir
Muerto antes de morir
El pequeño ángel azul
La frontera
El premio
Nisa la pitonisa
El lucero y la llave

Prisma (de 5 cuentos):
La niña del dragón
Werner el gran científico
Chuíto, el santo margariteño
El diamante disfrazado
Una presa fácil
El megabloque

La sombra y 4 extraños cuentos más:
La Sombra
El Cyberbrujo
El beso del halcón
El Huecólogo
La esquina

Novelas históricas

Cuando Bolívar entrevistó a Chungapoma (La Espada del Perú)

El gran Guaicaipuro

Colección de historias y cuentos de Navidad

La Carpa de la Luz

3 cuentos de Navidad:
    El lucero y la estrella
    El regalo sin envolver
    Una feroz Noche de Paz

4 cuentos de Navidad:
    El cardenal Keita
    Confesión navideña
    El abuelo
    El árbol de la felicidad

Biografía

Don Juan de Guruceaga, el pionero de las artes gráficas en Venezuela

Ensayo

Historia de dos cuadros

...............

(*) En esta lista no están incluidos los libros de Derecho que Miguel Ángel Itriago Machado ha escrito conjuntamente con su hermano Antonio L. Itriago Machado.

Printed in Great Britain
by Amazon